家人闲坐，
灯火可亲

林建法　艾明秋——主编

辽宁人民出版社

图书在版编目（CIP）数据

家人闲坐，灯火可亲 / 林建法，艾明秋主编 . 一沈
阳：辽宁人民出版社，2023.1
（太阳鸟文学精选）
ISBN 978-7-205-10492-4

Ⅰ . ①家… Ⅱ . ①林… ②艾… Ⅲ . ①散文集—中国
—当代 Ⅳ . ① I267

中国版本图书馆 CIP 数据核字（2022）第 143564 号

出版发行：辽宁人民出版社
　　　　　地址：沈阳市和平区十一纬路 25 号　邮编：110003
　　　　　电话：024-23284191（发行部）　024-23284304（办公室）
　　　　　http：//www.lnpph.com.cn
印　　　刷：北京长宁印刷有限公司天津分公司
幅面尺寸：145mm×210mm
印　　张：7.75
字　　数：125 千字
出版时间：2023 年 1 月第 1 版
印刷时间：2023 年 1 月第 1 次印刷
责任编辑：蔡　伟　赵维宁　段　琼
封面设计：琥珀视觉
版式设计：一诺设计
责任校对：吴艳杰
书　　号：ISBN 978-7-205-10492-4
定　　价：48.00 元

C O N T E N T S

目录

01

水银花开的夜晚

◎迟子建

腊月到正月，在哈尔滨还是有花可看的，那是寒流之笔，描画在玻璃窗上的霜花。出了正月呢，即使飘雪的日子还有，但雪魂魄已失，落地即化，霜花也杳然无影了。你若想看花，只能去花店买南方运来的鲜花了。花儿是女儿身，经不起折腾，一路奔波令其花容失色，瓶中的"花娘娘"们，总有种"独在异乡为异客"的落寞感，没有本土应时而开的花儿那么气韵饱满。

猫冬让北方人筋骨疲弱，所以当积雪消融，埋藏在雪下的枯草出狱似的，瑟瑟缩缩地出现在阳光下时，人们以为摸到春天的触角了，奔向户外的漫步者不在少数。寒风虽是强弩之末，但威力尚存，我不幸被击中，有一日傍晚从江畔回来，咳嗽流涕，身上阵阵发冷。

我便取放在玄关托盘上的体温计，想看看自己是否发烧。

我取体温计的时候，不慎将外壳的护帽朝下，这一竖不要紧，由于对接处咬合不严，护帽叛徒似的落地而逃，将体温计彻底出卖了，它随之坠落，摔成两截。

它这一跌，我家的黑夜亮了。

从玻璃管内径流溢而出的水银，魔术般地分裂成大大小小的珍珠状颗粒，像一带雪山巍峨地屹立在我面前。我先是拿来一块抹布擦拭，以为它们会像水滴一样，迅速被吸附，岂料它们欢欣鼓舞地一分二、二分三、三分四地遍撒银珠，泻地水银非但未少，反而如满天繁星，在白桦木地板上，朝我眨眼。它们近在咫尺，却仿佛远在天边，不可征服。

我少时数理化不灵光，对水银的了解，竟来自当时广为流传的一本小人书《一块银元》，主要情节围绕一块银元展开，写了穷人的苦、地主的恶，其中最让人惊悚的情节，是一个地主婆死了，她的儿子竟让一对童男童女为他老娘殉葬。他们给童男童女灌注了水银。故事浓墨重彩的是那个身世凄惨的童女，在出殡的行列中，她端坐在莲花上，手持一盏纱灯，双目圆睁，虽死犹生。她的亲人在路旁声声唤她，可她无法应答了。那个画面给我幼小的心灵，带来了强烈的阴影，恨地主，也恨水银。水银是毒蛇，它要了如花似玉的姑娘的命！

　　我们在日常生活中能接触到水银制品，除非是在镇卫生所。那时日子穷，谁家会拥有温度计和体温计呢？如果感冒发烧了，卫生所的护士会神气地甩一下体温计，将它夹在患者腋下。童年时我曾盼着感冒（因为父母会给感冒的孩子买山楂罐头吃），但却怕发烧，万一去卫生所测体温，体温计碎裂了，水银流入我体内，我成了僵死的人，那可怎么好？谁还能在爸爸喝醉时为他取一杯茶？谁还能在妈妈拆洗被褥时为她挑上满缸的水？谁还能在除夕夜姐姐不想吃饺子时，给她烙上两张糖饼？谁还能在弟弟闯祸挨打时，夺下爸爸手中的棍子，让他少受些皮肉之苦？除了亲人，还有那些可爱的动物让我难以割舍，谁能给吃饱了的猪用破木梳刷毛？谁能在黄昏时把游荡的鸡，及时赶回鸡笼？谁能给看家狗偷些它惦记着的人吃的食物？还有夏天时满沟满谷的野花谁去采？冬天时满院子的白雪谁来扫？

我那时感冒了，发烧了，抗拒去卫生所，骨子里是恐惧水银体温计。总觉得我的腋窝藏着火苗，会将爆竹似的它引爆。它灿烂了，我就黑暗了。体温计是恶魔，这在看过《一块银元》小人书的同学心中，根深蒂固。以至于我们憎恨一位班主任老师时，私下议论要是小人书中被灌注了水银的是她，而不是那个女孩，该有多好。好像我们真的掌握了水银，都会沦为施恶的地主婆的儿子。

这位班主任是我们的语文老师，她中等个，微胖，圆脸上生满雀斑，厚眼皮，眼睛不大，但很犀利。她不是本地人，住在学校的板夹泥宿舍里。因为没有食堂，她得自己弄吃的，所以我常在清晨去生产队的豆腐坊买豆腐时遇见她。因为怕她，又因为豆腐坊总是哈气缭绕，人在其中如在雾里，面目模糊，我假装没看见她，溜之乎也。

我们为什么怕这位老师呢？她严厉起来不可理喻。她有一杆长长的教鞭，别的老师的教鞭只在黑板上跳舞，她的教鞭常打在学生手上。期中期末考试总成绩不及格者，是她惯常教训的对象。她会让他们伸出手来，这时她的教鞭就是皮鞭了，抽向落后生。痛和屈辱，让被打的同学哇哇大哭。这种示众的效果，倒是让所有的学生不甘落后，刻苦学习了。但大家心底对她还是恨的，她头发浓密，梳着两条粗短的辫子，我们背地就说她带着两把锅刷；她脸上的雀斑，被我们说成耗子屎；她擦黑板上红红白白的字时，粉笔擦不慎碰着脸，成了大花脸，我们在底下偷着乐，没一个提示她的。

她管理班级严格到什么程度呢？要是教室的泥地清扫不净，值日生的苦役就来了，会被罚连续值日。最让我们难堪的是检查个人卫生，我们上课前她会手持碎砖头，高傲地站在门口，我们则像乞丐一样朝她伸出手去，如果我们的手皲了，或是指甲里藏污纳垢，她会扔给你一块碎砖头，让我们出去蹭掉手上的皲，抠出指甲里的泥，砖头在此时就成了肥皂。如果春夏秋季，拿了砖头的学生会去溪边洗手（那时大兴安岭植被好，溪流遍布），冬天时只能用积雪清理了。我有一次也被检查出手上有皲，不允许我进教室，我一赌气，到了溪边，把她那堂课都消磨掉了。看山看水，看花看草，不亦乐乎。我面临的惩罚，可想而知了。

这位班主任老师看上去跋扈，但她业务好，很敬业，也有善心。有的同学家贫，她家访时会带上她买的作业本，她还帮助交不起学费的学生交费，并带我们进城，去照相馆拍合影。当然，她还常在我们下午该放学时，给我们加一小节课，讲那些经典的励志故事。如果是冬天，天黑得早，讲台就点起一根蜡烛。烛火跳跃着，忽明忽暗，她的脸也忽明忽暗，那也是她最美的时刻。她不用教鞭，脸上的雀斑看不见了，语气温柔，面目平和。

她离开我们小镇，似乎没有任何预兆。突然有一天，她要调到黑龙江东部的一个小城去，说是她恋人在那儿，是去结婚。这时我们才意识到她是一个女人，是个有人惦念的人。

她要离开了，按理说我们是奴隶得解放了，该同声庆祝的，可大家突然都很沮丧，因为她一点儿狠劲都没了。她带着偿还之意，将自己所用之物，分给常遭她鞭打的人，那多是家庭困难的同学，我听说的就有书本、衣物、脸盆。在她走前，有一天我在小卖店碰见她，她还买了一双雨靴送我。从此后，她离开的风雨时刻，穿着雨靴走在泥水纵横的小路上，总会想起她。而她带我们拍的合影，成了同学们最美的珍藏。我们不知她婚后过得怎样，她丈夫会像我们小镇的男人那样，爱打老婆吗？她为师还喜欢手执长教鞭吗？当我们班级的卫生越来越差，同学们随地吐痰，随手丢废纸，教室再也不是窗明几净时，爱洁的女孩子就想念她；而当那些学习成绩差的学生，将书本视为无用之物而放任自流时，学生的家长就慨叹，要是她在就好啦，孩子就有人管了！

四十多年了，我没有她的任何消息，也极少想起她来。但水银泻地的这个夜晚，也过了半百之岁的我，却很热切地思念起她来。不知她是否还在她当年嫁过去的小城。按她的年龄，应是儿孙满堂，颐养天年了。

我不知当年的这位班主任老师的长辈，是否有出自旧学堂的，她的一些教育方式，私塾痕迹明显，教育为主，体罚为辅，在今天可能会遭到众口一词的谴责。但试想在20世纪70年代一个荒僻的山镇，一个有抱负的教师，面对着一群天性顽劣的野孩子，她最直接有效的教书育人方式，也许就是恩威并施。她用教鞭打了那么多孩子，可没一个因之致残或受伤，可见她心里是有轻重和尺度的；当她把砖头抛向你，让你蹭掉手上的皴时，尽管你满心不快，但至少让你从此后注意个人卫生，时常用温水泡手，让它们散发出我们那个年龄的手本该有的鲜润光泽。

再回到体温计碎裂的那个夜晚吧。夜一点点地黑起来，我见抹布清理水银，起到的反而是推波助澜的作用，赶紧上网查询对付它们的办法。水银有毒，我先是敞开窗子通风，然后用笤帚将它们轻轻扫到撮子里，放到一个新打开的垃圾袋中，之后用纸巾擦拭余下的细碎的水银珠。每片纸巾罩住一两颗，将它们轻轻拈起，包饺子似的封住口，丢进垃圾袋，再取一片纸巾奔向另一处。我就这样朝圣似的趴在地上捉水银珠，足足用了半盒纸巾，直到我认为已把它们消灭殆尽。

我关了厅里的灯，打算回卧室休息一下。借着卧室的微光，我突然发现刚清理过的地板上，仍有水银珠一闪一闪的。我不相信，取了手电筒照向那里。呵呀，这分明是一个微观花园嘛，我发现了无数颗更加细小的水银珠粒，在白桦木地板的表面和缝隙，花儿一样绽放着。

这不死的花朵，实难相送，那就索性不送，我不相信就凭它们，会让我性命堪忧——将其当花来赏又如何！权当它们是腊梅的心，是芍药的眼，是丁香的小袄，是莲花的罗裙！

因为在黑夜面前，所有的花朵都是无辜的。

（原载《文汇报》2017 年 4 月 16 日）

02

父亲的荣与辱

◎梁晓声

一

我的父亲是新中国第一代建筑工人。

我上小学前见到他的时候是不多的——他大部分日子不是家里的一口人，而是东北三省各建筑工地上的一名工人。东三省是新中国之重工业基地，建筑工人是"先遣军"。

那时的我便渐渐习惯了有父亲却不常见到父亲的童年。

我上小学二年级那一年，父亲所在的建筑工程公司支援大三线建设去了，父亲报名随往。去与不去是自愿的，父亲愿去。作为新中国第一代建筑工人，他觉得能在国家需要时积极响应号召，是无上之光荣。

父亲远赴外省之前，母亲与他几次发生口角——因为水泥。

当年的哈尔滨，除了道里、道外、南岗三处市中心区，大多数居民社区其实没有什么明显的城市特征可言，多是一片片的泥草房，即黄泥脱坯所建、稻草为顶的一类房子。长江以北的中国农村，家家户户住的基本是那类房屋。而住在哈尔滨市那类房屋内的，大抵是1949年以前"闯关东"的农民——我的父亲也是。他们没钱在市中心买砖房，城市也没能力解决他们的住房问题。他们只能自己动手解决，并且，也是买不起水泥和砖瓦的。所以，只得在经允许的地段自盖那类泥草房，形成了一片片当年的城中村。

那类房屋，每年都须用黄泥抹一层外墙。因为经过一年的风吹雨打，起先的一层黄泥处处剥落，土坯墙体暴露出裂缝，如不再补一层泥，冬季必然挨冻。俗话说，"针尖大的缝隙斗大的风"

啊。

为使黄泥不易剥落，人们想出了多种多样的和泥之法。普遍的经验，是将草绳头、破袋子、草帘子拆开，剪为等长的干草截搅入泥里——那个年代，除了市中心，农村进城的马车几乎随时随地可见，城里人只要留意，草绳破草袋子草帘子也几乎处处可以捡到。甚至，这一户城里人家可以向那一户城里人家借到铡刀。足见，某些所谓城里人家"城市化"的历史有多么短。他们转变身份之前，即将某些农具带入城里了，预见必会有用，也将完整的农村生活习惯带入了城里，如养鸡鸭，养猪。少数人家，虽已入城市户籍，却无工作，靠围一块地方养奶牛卖牛奶为生。像在农村时那样，以土坯盖房屋，以泥草维修房屋，对于他们是轻车熟路之事。对于我的父亲也是。

然而成为城里人后，毕竟会学到新的经验以使干后的墙泥结实——将炉灰拌入泥中，便是很城市化的法子。但一户人家烧一冬季的煤，其实煤灰多不到哪儿去，即使挺多也没处堆放，用时还需筛细，挺麻烦。所以，此法往往只在和泥抹内墙、炕面、窗台或锅台时才用。在当年，筛细的炉灰对于寻常百姓人家便如同水泥了。

记得有一年，一座炼铁厂搬迁了，引得许多人家的老人女人和孩子纷纷出动，带着破盆、破筐，推着小车争先恐后地前往。

去干什么呢？

原来铁厂的某处地方，遗留下了厚厚一层铁锈——聪明的人不约而同地想到，将铁锈和到泥里，干后的泥面一定不容易裂，大约也比较能经得住水湿。事实果然如此，并且泥面呈褐色，也算美观。

我家住的虽然是当年的俄国难民遗留的小房屋，但已有三十几年历史了，地基下沉，门窗歪斜，早已失去了原貌，比刚住几年的草坯房差多了，父亲早已开始用黄泥维修了。

某年父亲和泥抹房子时，母亲又一边帮他一边唠叨不休："说过几次了，让你从工地上带回来点儿水泥，怎么就那么难？"

父亲那时每每板起脸训母亲："再说多少次也白说！从工地上带回来点儿？说得好听，那不等于偷吗？水泥是建筑行业的宝贵物资，而我是谁？……"

母亲也每每顶他："说来听听，你是谁？你不就是十七岁闯关东过来的山东农民的儿子梁秉奎吗？"

父亲则又不高兴又蛮自豪地说："不错，那是从前的我，现在的我是中国第一代建筑工人，中国领导阶级的一员！休想要我往家里带公家的东西，你那是怂恿我犯错误，有你这么当老婆的吗？”

“抹抹窗台、锅台、炕沿，那才能用多少水泥？怎么话一到你嘴里，听起来就是歪理了呢？”——母亲光火了。

“我把咱家的窗台、锅台、炕沿用水泥抹得光溜溜的了，别人一眼不就看出来了吗？你当别人都是傻子？如果谁一封信揭发到我们单位去，班长我还当得成吗？”——父亲也光火了。

“那就不当！不当又怎么了？我问你，那么个小破班长，不当又怎么了？”

母亲则将铁锹往泥堆上一插，赌气不帮他了。

为了修房屋时能否有点儿水泥，父母之间不止发生过一次口角。

当年我的立场是站在母亲一边的。我讨厌窗台、锅台、炕沿经常掉泥片儿的情形。依我想来，就是一次带回家一饭盒水泥，几次带回家的水泥，也够将我们的小家很主要的地方抹得美观一点儿了。当年我也挺轻蔑父亲将自己是一名建筑工地上的工人班长太当回事儿的心理。在这点上，我的一辈子与父亲的一辈子完全不同。父亲当他的班长一直当到“文化大革命”开始那一年，以后不再是班长了，似乎是他心口永远的"痛"。而我这一辈子，从没在乎过当什么。不管当过什么，随时都可以平静面对被"免去"的结果——只要还允许我写作。而今，连是否"允许"我继续写作都不在乎了。快七十岁的人了，爬格子爬了大半辈子了，一旦不"允许"了，不写就是了。

父亲去往大西南的前一天晚上，母亲又与他闹得很不愉快，还是因为水泥。

母亲一边替他收拾东西一边嘟哝："说走就走，一走还去往那么老远的省份，把这么个破家丢给我和孩子，叫我们往后怎么办？你看这炕沿、窗台，还有外屋那……"

父亲打断道："还有外屋那锅台是不是？你就别叨叨了，饶了我行不行？我还是那句话，占公家便宜的事我肯定不干，因为我是领导阶级一员，领导阶级得有领导阶级的样子！"

父母之间的不快，使父亲与我们临别前那一个晚上的家庭气氛沉闷又别扭。

我上初一那一年夏季，父亲自四川归来。他这一次探家历时六日，先要从大山里搭上顺路卡车到乐山，再从乐山乘长途公交至成都，而后乘列车至北京，从北京至哈尔滨。当年直达车每日一次，没赶上的话，只得等到第二天。如果还没买到票，还得再等一日。直达的票极难买到，父亲便索性一段段向北方转乘。因为根本无法确定到哈时间，父亲就没拍电报要家人去接他。

他是很突然地进入家门的，在晚饭后那会儿。当时家中有位邻居大婶与母亲唠嗑，不只那大婶，母亲和我们几个儿女也讶然不已。他带回了太多东西，肩挎一截粗竹筒，一手拎一只大旅行袋，还背着一只不小的竹编背篓，很沉。我和哥哥帮他放下背篓，见他的蓝工作服背一片白，像是被面粉搞的。

母亲用扫炕笤帚替他扫时，邻居大婶惊诧地说："哎呀妈呀，你家梁大哥太顾家了，还从四川那么远的地方往家里带东西啊！四川不是出水稻不出麦子的省份吗？"

父亲无言地笑笑，没解释什么。

等邻居大婶走了，父亲才说，背篓里那两个布袋子装的不是面，而是白灰和水泥。

母亲心疼地说："你中魔了？那是非往家带不可的东西吗？"

父亲说："是啊，我要了你的心愿，用水泥把咱家窗台、锅台、炕沿抹得光光溜溜的，再把咱家屋刷得白白的，也让你见识见识中国第一代建筑工人干活的质量标准！"

母亲愣愣地看了父亲片刻，一转身，双手捂面无声而泣。

我们的家在父亲连续几天的劳累之下旧貌换新颜了。粗竹筒里装的是十来份奖状，都是晚报展开那么大幅的。花钱仔细得要命的父亲，居然舍得花钱买了十来个相框。当十来份奖状镶入框中，分两排挂在迎门墙上后，简直可以说很壮观，使我们的家蓬荜生辉了。

片警小龚叔叔来家里看父亲，而父亲去工友家尽自己的探家义务去了。小龚叔叔扫视两排奖状，正了正警帽，庄重地敬了个礼说："向支援大三线建设的建筑工人致敬！"

母亲将小龚叔叔的敬意告诉了父亲后，父亲红着脸笑了，笑得满脸灿烂辉煌……

二

1978 年，我回哈尔滨探家时，父亲已六十二岁了，退休不久。因为家中生活困难，单位照顾他，特批他晚退休两年。退休与没退休，每月差二十元左右呢。在 1978 年，二十元对任何一户普通城市人家都是一笔关乎生活水平的钱数。

自 1966 年"文化大革命"发生后，父亲两年没再探过家。1968 年我下乡了，从此与父亲南北分离，天各一方。算来，十余年没见过父亲了。

我又见到了父亲，他已是完全秃顶，蓄着半尺长白须的老头儿了。

那年我二十九岁，不太觉得自己与十年前有什么区别，但父亲的变化着实令我暗自神伤，感慨多多。父亲不仅是一个老头儿了，而且，分明还是一个自卑的老头儿了。似乎，不知从何时起，他那种"新中国第一代建筑工人""领导阶级"之一员的光荣感、自豪感，被某种外力摧毁了，彻底瓦解了。为了使他开朗一点儿，起码不那么像个哑巴似的，我经常主动找些话题与他聊，然而他总是三言两语地应付我，一次也没聊成。

一日，家里收到一封挂号信，是父亲单位从四川寄来的——一份"政治问题"审查结论书，写的是关于父亲系"日本特务"之嫌疑罪名，实属诬陷，彻底平反。而关于父亲在"文化大革命"中的错误言行，经复查一一属实，维持原处分。

我大愕。

问父亲："日本特务"之嫌是怎么回事？

父亲说，那是因为自己当时说几句日本话跟工友开玩笑惹出的祸。自己是从伪满时期过来的人，会说几句日语也没什么值得大惊小怪的啊。

又问："文化大革命"中的错误言行是怎么回事？

父亲说，"停产闹革命"时，他想不通，确实说过一些话，如——"普通的工人阶级文化程度都很低，文化大革命跟咱们没多大关系。""工人都不做工了，农民都不种地了，这么闹下去，天下大乱还只是乱了敌人吗？"

再问："后来号召'抓革命，促生产'了，那时怎么没为你平反呢？"

父亲吞吞吐吐地承认，自己当年还先动手打了批斗他的人，一拳将对方打得口鼻出血，这当然激怒了对方，围殴他。他也被激怒了，抢起了铁锹，差点儿劈死了一个人……

这太符合父亲的性格了。不问我也想象得到，父亲肯定因而大吃苦头。

我说："爸，你别管了。你的事，我管定了。"

我当即复信，在信中写了几多"你们他妈的""混蛋王八蛋"之类，总之是骂了个淋漓痛快。信末，限对方在我要求的时间内给我以答复，否则我将亲往四川，找他们当面算账。

如今想来，我还是认为，那是我生平写过的最好的信之一。

当年，那也太符合我的性格了！

为了等到回信，我推迟了回北京的日子。在我要求的时间内，家里收到了回信。是一封措辞极为客气、恳切、委婉，承认他们思想认识有局限性的信——结论嘛，自然是按我要求的那样，一概平反，赔礼道歉。

我将那封信读给父亲听时，他一动不动地仰躺床上，眼角不停地流下老泪来。

自那以后，父亲"幽闭"般的沉默寡言终于不再，颇愿与我这唯一上过大学的儿子交谈了。有时，甚而是主动的。

于是，我也就了解了他的某些屈辱经历——不是解放以前的，而是解放以后的；并且，如果我不讲，弟弟妹妹们是不知道的，连母亲也知之不详。

毕竟他是新中国第一代建筑工人，一名获得过许多奖状的优秀建筑工人，故有人暗中保护过他。他被派遣到一座山上独自看仓库，以示惩罚。一年见不到几次人，连猫狗也不许养。倘允许，父亲当年是宁愿与一只小猫或小狗分吃自己那一份口粮的，但绝不允许。父亲也从没有过"半导体"。即或有，在大山里也收听不到什么广播，而且那是更不允许的。也没有任何读物。非说有，便是家信了。家信辗转到他手中，比以往晚一两个月的时间——得由上山拉建材的人带给他，还得那人愿意。

那些年里，父亲自制织针，偷偷下过几次山，向村里的妇女们请教，以极大的耐心学会了织衣物。他寄给我们的线背心、手套、袜子、围巾，便是那几年里的成果。他收集建筑工人们丢弃的破劳保手套，洗净，拆开，于是便有了线。父亲的织技发挥到最高水平，也只不过能织成一件背心。

"文化大革命"结束后，他仍留在山上，反而不愿下山了。到了退休年龄，他还独自留在山上。那时他已有伴了——一只被他发现，由小养到大的狍子。

六十二岁他不得不离开那座山之前，将狍子带往深山放跑了。他说，如果自己不那么做，狍子肯定会被上山的工人们弄死吃掉的。

他还说，即使在看仓库的那些年，他也完全对得起国家发给自己的六十二元工资。因为他不只看仓库来着，还在山坡开出了几大片地，用自己的钱到村里去买菜籽种菜。每隔几个月，山下的工地食堂便会派人派车上山拉走，多时一次能拉走两卡车。

"我好后悔。起初我是瓦工，瓦工最高是七级。我到四川之前就是四级瓦工了，可是偏让我当水泥工班长。水泥工最高才六级。退休前终于给我涨了一次工资，也不过是五级水泥工。同级的水泥工与瓦工相比，每级少几元钱呢。熬到五级，少十几元钱呢！……"

这是我从父亲口中听到的唯一的抱怨话。

他一向说："他们对不起我。"

从不说："国家对不起我。"

他是新中国第一代建筑工人，工龄三十余年，退休后的工资是四十六元，我记不太清了，总之是四十几元而已。

父亲的身体一向很好，偶生病也就是吃几片药"扛过去"罢了。即使患了癌症，也没住过一天院。何况一检查出来便是晚期，住院也是白住。

我服从他的意愿，使他得以"走"在家中。在一个中午，我与他并躺床上，握他一只手，他就那么静静地走了。

三十余年间，他享受公费医疗待遇的钱，加起来不超过三百元。

我曾问他："爸，你是工人的年代，工人是我们国家的领导阶级，你觉得你真的领导过什么人吗？"

他沉默良久，才以低缓的语气回答："我明白你的话是什么意思。但凡是一个国家，哪一个国家没有几种说法呢？有些事是不必较真儿的，太较真儿没意思。"

片刻，又说："我作为新中国第一代建筑工人，对得起发给我的每一份奖状，这就行了，是不是？"

我反而不知再说什么好了。

我觉得父亲也算是幸运的，退休早，避过了后来千千万万工人的"下岗"。

而如今退休工人们普遍一千七八百、两千多元退休金的待遇，父亲却没赶上。这对于他，又不能不说是终生憾事。

如今的退休工人们，比如我的弟弟妹妹们，时常抱怨"那点儿"退休金太少，根本不够较宽松地来花，但比起父亲当年的四十几元退休金，委实是他做梦都不敢想的啊！

联想到新中国第一代、第二代、第三代工人们，不禁生出疼惜不已的敬意……

（原载《北京文学》2015 年第 10 期）

03

我和父亲之间

◎陈建功

二十多年前，1994 年 9 月 5 日凌晨，先父因脑溢血突发病逝于张家界的一家宾馆。父亲那时已从北京调到广州工作，是为出席湖南籍已故经济学家卓炯的学术研讨会而去那里的。上午，接到噩耗，我先是飞往广州，又和父亲单位的领导以及几位亲属一起飞往长沙。多亏湖南省有关方面鼎力相助，派车送我们赶赴湘西，料理丧事。

"养在深闺人未识"的张家界，自从被吴冠中先生推崇，后又经摄影家陈复礼等人传扬，到了 20 世纪 90 年代，已是名满天下了。我对它当然也心仪久矣。然而谁能想到，自己竟以这样一种方式到了那里。

自此很长一段时间，不愿提张家界，不愿提武陵源，不愿提索溪峪。

那是我的伤心哀痛之地。

再往前数十年，1984 年，我失去了母亲。十年后我又失去了父亲。令人不胜唏嘘的是，父母的离去都如此突然，连抢救时的焦虑都不容儿女们承担。母亲离去时我在南京，那是到《钟山》杂志讨论《找乐》的定稿事宜。离京前一天我还回到家里去看她，没想到第二天飞机还没在南京落地，《钟山》便已得到我母亲因心脏病突发而逝的消息。而父亲，竟是在异乡终老。这种方式恰如父母的一贯作风，他们一生不愿给任何人添麻烦，包括自己的子女。

父母的一生并没有多少传奇性。父亲唯一令我吃惊的事迹，至今我还将信将疑：1949 年，我妈怀上我不久，他就离开家乡北海，远赴广州求学。据说那一次远行很有些惊心动魄——几天以后他只剩一条短裤，狼狈不堪地回到家里。他说船至雷州半岛附近遇到了台风，船被打翻，他抓住一块船板，凭借过人的水性而逃生。"你知道台风来时那海浪有多高？足有四五层楼高呀！"这故事是他教我游泳时说的。我当时就质疑他讲这故事，只是为了给我励志。那时我还不到八岁，可见就已经不是"省油的灯"。当然，那一年，我爸最终还是从北海来到了广州。不久，广州就成为叶剑英治下"明朗的天"，他顺风顺水被吸纳进新中国培养人才的洪流，进入了南方大学。而后，他又被送到北京，在人民大学读研，最后留在那里任教。我爸离开北海不久，北海也解放了，我妈也和全中国的热血青年一样，被时代潮流裹挟进来，先是在北海三小做副教导主任，随后也获得到桂林读书的机会。她毕业于广西师范学院中文系，毕业后被分配到北京工作。

　　1957 年，父母应该是在北京团圆了。夏天，父亲回家乡接祖母和儿女上北京，我才第一次见到父亲，那时我已经跟着祖母长到八岁。"留守儿童"忽然发现，时时被祖母挂在嘴边的"爸爸"回来了！其实此前我已无数次看过父亲的照片，并向同龄人炫耀。在那照片里，爸爸穿着黑呢子大衣，头戴皮帽，站在雪地上，一副英气逼人的模样。就是为了找这个人，我曾经求赶牛车的搭我，沿着泥泞的小路，吱扭吱扭地走了一下午。天傍晚时，扛不住好奇的赶车佬问我：细崽，你坐到哪里才下？我说，离北京还有多远？我到北京找我爸呀……那赶车佬吓了一跳。他说他也不知道北京有多远，但坐这样的牛车肯定是到不了啦。"细崽，天黑啦，野鬼要出来捉人啦，赶快回家啦！"……那时我才明白，坐牛车是找不到爸爸的。

　　而忽然有那么一天，一个人，一手拿着一只装满了花花绿绿糖球的玻璃小汽车，张开胳膊把姐姐和我搂到了怀里。这就是爸爸呀！络绎不绝的亲友提着活鸡活鸭和海味，来看望"从北京回来的阿宝"；过去曾牵着父母的手耀武扬威的玩伴儿们，趴在院子的栅栏墙外观看……从此我寸步不离地尾随在我爸的身后，直到一顿痛打把我扔到了可怜巴巴的地方。

　　离开少年北海半个世纪之后，当我以花甲之身回到故乡的时候，在我的姨表弟阿鸣家，看到了当年我爸爸用他带回的相机为他们拍摄的"全家福"——四姨和四姨父站在中间，左右站着他们家的五个孩子。四姨和四姨夫已然过世，表姐妹和表弟同我一样，当年不过垂髫总角，今亦老矣。谈笑间大家说这是我和他们仅存的童年照——因为就在作为背景的公园凉亭里，我不知什么时候溜进了画面，远远地骑在栏杆上，肢体语言里散发着不平。

这就是当年我时时刻刻要独霸父亲的"眼球",不准任何人染指的铁证。然而也正是这独霸的心思,招来了平生挨的第一顿,也是唯一的那顿痛揍。

回想那次,我实在没有理由为自己开脱——起因是我爸那天中午和我的四姨父一起到我家附近的酒楼吃饭。这是何其简单而自然的事情!可一直"监视"着爸爸去向的我,为我爸不带我去而气恼。我居然跟踪他们到酒楼门口,"坐实"了父亲的"罪证",随即回家向祖母告状,要祖母"御驾亲征"。祖母固然不会糊涂至此,却也顺着孙儿指天咒地,甚至言之凿凿地许诺,待这儿子回来定痛打无疑……谁知这都无法平息我的骄蛮。父亲和四姨父吃完了饭,回到家,看到了正在院子里撒泼打滚的我。

估计自从回到故乡,我爸已经忍了我几天了,一直想找个机会践行"棍棒"与"孝子"的古训。他先让四姨父离开,又把蹲在身边哄我劝我的祖母拽回屋里,反锁了屋门。听到祖母在屋里又哭又喊,我还不知道大祸临头。直到我爸提着一根竹棍冲到跟前,我才恍然大悟。我被按在当院,当着篱笆墙外围观的街坊邻居的面,连哭带号,饱饱地挨了一顿。

到今天还在思忖,是不是自此我就变成了一个敏感、内向的人？

此后我爸再也没打过我，甚至连粗声的训斥都没有。我相信父亲也一直在为那次暴打而后悔着，虽然其错在我。我感到他的一生都在弥补。比如他每一次到外地讲课回来，都会给我买一件玩具。那些玩具是有训练动手能力的拼装模型，有带有小小马达的电器组合。如今想起来，相比我并不富裕的家境，那些玩具的价格，都令我大感吃惊。后来，父亲又给我买了《少年电工》《少年无线电》，而由此衍生的各种电工器械、无线电元件的开销，更是巨大。我还清楚地记得父亲带我到地处新街口的半导体元件店，为我买下的那个半导体高频管的型号是3AGl4，其价为六元一角六分，而那时父亲的月薪，仅仅是八十九元。我至今还记得，那店员用电表帮我们测试三极管的时候四周的电子迷们那艳羡的目光。而我，从挨打以后，似乎已经"洗心革面"，成为了一个"乖乖崽"，甚至可以说有一点唯命是从。我虽不再骄纵，却也从此和父亲生分。只要面对他，我永远会感到游弋于我们之间的一种隐隐的痛。至今想起自己在少年时代那永远不卑不亢的沉默，让我为自己羞愧，更为父亲心痛。难道我是个记仇的孩子吗？我为什么再也没有在他面前展露过作为儿子的天真与无忌——哪怕是得到一件玩具后的欣喜，跑过一趟腿儿回来复命的得意？

不过后来我又怀疑，也许，我们之间隔膜的起因，并不像这样富于戏剧性。作为一个父亲，待孩子长到八岁时才出现，无论你再想怎么亲，大都无济于事了吧。

直到他去世，我也没有找到机会，把我们之间的隔膜作个了断。

当然我是爱他的。我又何尝不知道他也爱我们？

回想起来，其实从我很小的时候，父亲就开始为我谋划为生之路了。我甚至看出来了，是学"理"还是学"文"，父母有着不同的梦想。我妈之所以要我做文学，用今天的话来说，因为她当年就是个文学的"脑残粉"。我少年时代偷看过她的日记，走异路寻他乡的理想，破牢笼换新天的激情，洋溢其间，后来便明白其源盖出于鲁迅和巴金。父亲并不和母亲争辩，但他不愿我"子承父业"，从事文科类的工作，是显而易见的。比如他对自己的"工业经济"专业，甚至不比做木工电工水暖工兴致更高。他对我妈隔三岔五就"点赞"我的作文也从来不予置评，只是每当他修理电闸、安装灯泡的时候，都把我叫过去扶凳子，递改锥。

他还教我拆过家里的一个闹钟，又教我把它复原。我的未来，似乎做个修表工更令他欣喜。

年齿日增我才渐渐地理解了，父亲似乎对过往"意识形态领域"不断的"运动"更为敏感。而最终使我恍然大悟的，是他原来和我一样，很久以来就隐隐地感到，头顶上一直笼罩着一团人生的阴影。

"阴影"应该是在我全家移居北京两年以后笼罩下来的。那时候知识界有一场"向党交心"的运动，父亲真正由衷地向党交了心：解放前夕他大学毕业时，为了不致失业，曾经求助过一个同窗，据说那同窗的父亲是一个有来头的人物，亦即今人所言之"官二代"吧。随后我父亲发现，那"官"是一个国民党的"中统"。为此他狼狈逃窜，再也没有登门求助。

父亲这种完全彻底的"交心"之举，来自那个时代青年的赤诚，也薪传于"忠厚传家"的"祖训"，就像高血压脑溢血，属于我们家人祖传的病患一样。而父亲终生的遗憾，就是这"忠厚"竟使他成为一个"特嫌"。那时候他还不到三十岁，全然没料到这样的后果。直到"文化大革命"中两派组织打仗，争相比赛揪"叛徒"、抓"特务"，他被"揪"了出来，这才恍然大悟，原来早已入了"另册"！他这才明白，为什么争取了几十年，入党的梦想永难实现？为什么兢兢业业、勤勉有加，也永远不能得到重用？而我，当然也如梦方醒，明白了自己何以不能入团，不能参军，不能成为"红卫兵"而被称为"狗崽子"……被高音喇叭宣布"揪出来"的那天凌晨，父亲把我和姐姐、妹妹叫了起来，坦诚地把向"组织"交过的心又给儿女们"交"了一遍。他请我们相信他，他不是特务。绝不是！

我记得听他讲完了，姐姐和妹妹都在看我。

我当然相信他，但我只是点点头，"唔"了一声。我早已不会在他面前表达感情。

又十年，他终于得到了"解除特务嫌疑"的结论。

那时候我还在煤矿当工人，已经快干满十年了。我妈来信催我温书考大学，还告诉我，父亲被"解脱了"。我记得母亲的笔调仍然激情洋溢，她赞颂了高考的恢复、政策的落实，还赞颂了南下北上、调查取证的"组织"。

然而由矿区回到家里，听母亲说父亲还是决计南调广州。

我理解。

其实，在人民大学，比他冤的人就有的是。比起那些蒙冤者，这点委屈又算得了啥？但对于他，这就是一生。他若继续留在"人大"，那个笼罩了他近三十年的心理阴影或将挥之难去。

父亲平反南调后，据说终于入了党，先是参与了中山大学管理系的筹办，最后做到广东管理干部学院的副院长。在别人看来，他晚景辉煌。我却觉得，"辉煌"之谓，言之过矣，但他在广东，疗治了中年时代留下的心灵创伤。作为儿子，聊可慰藉吧。

我们之间的隔膜，却只能是永远的遗憾了。

我所能做的，就是小心翼翼地待我的孩子。

当然，更期待，这世界，小心翼翼地待每一个人。

（原载《上海文学》2015 年第 6 期）

04

那边多美呀

◎刘心武

一

我妻吕晓歌 2009 年 4 月 22 日晚仙去。

我不能承认这个事实。我不能适应没有晓歌的世界。

一些亲友在劝我节哀的时候，也嘱我写出悼念晓歌的文字。

最近一个时期，我写了不少祭奠性文章，忆丁玲，悼雷加，怀念孙轶青，颂扬林斤澜……敲击电脑键盘，文字自动下泄，丝丝缕缕感触，很快结茧，而胸臆中的升华，也很容易就破茧而出，仿佛飞蛾展翅……但是，提笔想写写晓歌，却无论如何无法理清心中乱麻，只觉得有无数往事纷至沓来、丛聚重叠，欲冲出心口，却形不成片言只语。

晓歌一生不曾有过任何功名，对于我和我的儿子儿媳，她是一个伟大的存在，但对于社会来说，她实在过于平凡。人们对悼念文字的兴趣，多半与被悼念者的公众性程度所牵引。晓歌的公众性几等于零。这也是她的福分。

王蒙从济南书市回到北京，从电子邮件中获得消息，立刻赶到我家，我扑到他肩上恸哭，他给予我兄长般的紧紧拥抱。维熙和紫兰伉俪来了，维熙兄递我一份手书慰问信，字字真切，句句浸心。燕祥兄来电话慈音暖魂。李黎从美国斯坦福发来诗一般的电子邮件。再复兄从美国科罗拉多来电赐予形而上的哲思。湛秋从悉尼送来长叹。我五本著作的法译本译者，也是挚友的戴鹤白君，说他们全家会去巴黎教堂为晓歌祈祷……他们都是公众人物，他们都接触过平凡的晓歌，他们都告诉我对晓歌的印象是纯洁、善良、正直、文雅。老友小孔小为及其儿子明明更撰来挽联："荣辱不惊，风雨不悔，红尘修得三生幸；音容长在，世谊长存，青鸟衔来廿载情。"但是唯有我知道得太多太多，可我该如何诉说？

忘年交们，颐武、华栋、祝勇、小波和小何、李辉和应红……我让他们过些时再来，他们都以电子邮件表示会随叫随到。我知道我们大家都处在一个世态越见诡谲、歧见越发丛滋、人际难以始终的历史篇页中，但我坚信仍有某些最古朴最本真的因素把我们心灵中最柔软的部分黏合在一起。这个世界每天有多少人在死亡，但他们仍真诚地为一个平凡到极点的师母晓歌的仙去而吃惊，为夕阳西下的我的生理心理状态担忧，这该是我对这世界仍应感到不舍的牵系吧？

温榆斋那边的村友三儿从老远的村子赶到城里的绿叶居，一贯不善于以肢体语言交流的他，这次见到我就拉过我的双手，用他那粗大的手掌握了拍，拍了揉，揉了再握，憨憨地连连说："这是怎么说的？"

和三儿对坐下来以后，我跟他说："三儿，我想写写你婶，可就是没法下笔。"没想到他说："就别写呗。"三儿告诉我："我爹我妈特好。就跟你跟婶那么好。特好，就不用说什么话。"三儿爹妈相继去世十来年了，他说他还记得有一天的事情。那一年他大概十来岁，他妈给他爹刚做得一双新鞋。鞋底是用麻线在厚厚的布壳帛上纳成的，鞋面又黑又亮。那天晌午暴热，他爹光着膀子，穿条连裆裤，系条青布腰带，穿着那双新鞋出门去了。忽然变了天，下起瓢泼大雨。他妈就叹气，那新鞋真没福气！过了一阵，他爹回家来了。浑身淋得落汤鸡一般。他爹光着脚，满脚趾渍着烂泥。新鞋呢？三儿妈和三儿都望着三儿爹。三儿爹身姿很奇怪。他两只胳膊紧紧压着胳肢窝，胳膊上的肌肉和胸脯子肉都鼓起老高，绷得发硬。

他没说什么，三儿看出名堂来了，就过去从爹胳肢窝里先一边再一边，取出紧紧夹在那里面没有打湿的新布鞋来。三儿妈从三儿手里接过那双鞋，往炕底下一放，就跑过去捶了三儿爹脊背一下，接着就找毛巾给他擦满身雨水……

是呀，三儿爹和三儿妈，包括三儿，在那个场面里，甚至并没有一句语言，但是，那是多么真切的家庭之爱！

我听到此，强忍许久的泪水忽然泉涌。晓歌仙去后，我多次背诵唐朝元稹悼亡妻的《遣悲怀》，"昔日戏言身后意，今朝都到眼前来。""诚知此恨人人有，贫贱夫妻百事哀。""独坐悲君亦自悲，百年都是几多时！""唯将终夜长开眼，报答平生未展眉。"越过千年，穿过三儿爹妈暴雨时的场景，直达我失去晓歌的心底深处，始信有些情愫确属永恒。

我要将关于我和晓歌共同生活岁月里的那些宝贵的东西，像三儿爹把三儿妈新鞋紧夹在腋下不让暴雨侵蚀一样珍藏。"就别写呗"，我心如矿。

二

晓歌仙去后，多日无法安眠。蒙兄郑重地劝我用药，终于还是没用。十天后，渐渐可以断续入睡。总盼梦中能与晓歌重逢，但连日梦里来了一些平日忘掉的人，却并无晓歌身影。

直到晓歌仙去后的第二十三天，应该已经是 5 月 15 日早上了，我睡在床上，忽然听到窸窸窣窣的声音，那正是晓歌以往在卧室走动的衣衫摩擦声，多么熟悉，多么亲切！我睁开眼，呀，分明是晓歌回来了！我就从被窝里伸出一只手，招呼她，"晓歌，你回来了吗？"晓歌就走过来，蹲下，握住我的手！呀！那是多么幸福的一瞬……然后，晓歌就站在梳妆台前，梳她的头发。她什么也没说,她又何必说什么!

……忽然又是在我们新婚后居住的柳荫街小院里,耳边似有当年邻居高大妈李大婶说话的声音。晓歌继续梳头,我看不到她面容,只觉得她垂下的头发又长又密又黑,她就站在那边默默地用梳子梳理着……我就发现晓歌买来了新菜,一种是带着一点黄花的微微发紫的芥蓝菜,一种似乎是芹菜,量不大,根根清晰,体现出她一贯少而精的原则,我自觉地把菜放到水盆里去清洗……

……忽然我又躺在床上,仍有窸窸窣窣至为亲切的声音……多好啊!但……忽然想到那天我亲吻她遗体的额头,以及跟她遗体告别……那才是梦吧?我挣扎着从床铺上坐起来,仔细地想:究竟哪一种才是梦?

……不知道为什么从床上下来后,竟面对一条长长的走廊,我顺那走廊跑,开始绝望——原来晓歌回家是梦!

……

于是醒过来。晓歌真的没有了。再不会有她走动时衣衫发出窸窸窣窣的声响了。想痛哭。哭不出来。才顿悟,原来,她于我,最珍贵的,莫过于日常生活里那窸窸窣窣的声响,包括衣衫摩擦声，也包括鞋底移动声，还有梳头声……

自从三儿给予"就别写呗"的至理箴言，我就决定将那许多许多的珍贵回忆深藏为矿。儿子远远试图引我回忆我和他妈妈的那些酸甜苦辣，我也只跟他讲到一个镜头——

那是1974年，他三岁，我和晓歌带他回四川探望爷爷奶奶，爷爷奶奶那时候被遣返到祖籍安岳县，需先坐火车到成都再转长途汽车方能到达。在成都挤公共汽车的时候，我把他们母子推塞进了车门，自己却怎么也挤不上去了，被甩在了车下。那时成都的公共汽车秩序一片混乱，一辆来过，下一辆什么时候来，或者干脆再不来了，谁也说不清。我心急如灌沸汤，弱妻幼子，他们在成都完全找不到方向。那时候哪有手机，他们和我失去了联系，天已放黑，如何是好？总算又来了一辆摇摇晃晃的公共汽车，总算在站前停下，但我们等车的挤作一团，谁也挤不上去！那汽车竟又开走了。我绝望了！我想不如徒步去往要到达的那一站。但需要多长时间？他们母子就算平安地到站下了车，该在那里等我多久？天完全暗了下来，那时街灯多被打碎，一片漆黑！忽然，又来了一辆公共汽车，有人喊："末班末班！"为了妻儿，我拼足全部生命力往上挤，我挤上去了！

我在目的地那站挤下了车，一眼看见我的妻儿站在那里等候我，妻拉着儿一只手，表情看不清，但儿子却使用鲜明的肢体语言——他一只手没有脱离妈妈，另一只手使劲挥舞，而且，他抬起一只脚，再重重地落到地上……我迎上去，儿子另一只小手立即伸过来让我紧紧地握住……我们，大时代里三个卑微的生命，经过一段锥心的离别，终于又会合到了一起，并为这样的重聚而感到深深的欣慰……我对已经快到不惑之年的儿子说："远远，我们就是这样，穿越岁月的风雨，作为三粒尘埃，依偎着生存过来的。而现在，一粒尘埃已经仙去，我们两粒还在人间，尽管对人生的意义有许多宏大的理论、严厉的训诫、深奥的探讨，但我以为，记住那次我们短暂而漫长的离别与卑微而深沉的重逢之乐，也许就理解了亲情在人生中的全部意义……"

　　远儿说他完全不记得三岁时的那次失散与重聚，但听了以后他热泪盈眶。我把他妈妈第一次梦回的情形讲述给他，找出宋朝苏轼的《江城子》词读给他听："……夜来幽梦忽还乡，小轩窗，正梳妆……"

　　亲爱的晓歌，愿你常回家，在你的梳妆台前窸窸窣窣地梳理你的长发……

三

"针线犹存未忍开。"晓歌的遗物，应该清理，却不忍清理。

我和晓歌是新式夫妻。我们互相尊重对方的隐私。晓歌嫁给我以后没带过来什么隐私物品，但她后来有自己的一些笔记本，她会从报纸上剪贴下一些自己觉得喜欢或可资参考的文章图片夹在里面，也会写下一些给自己看的话语。她应该断断续续地记过一些日记，还有我们一起旅游归来后的一些追忆性文字，我猜想也会有一些我跟她争吵后（有几次非常激烈，很伤感情）她对我的怨言甚至意欲分手的气话。我们的争吵究竟缘于什么？追忆起来似乎真是"风起于青萍之末"，都属于"蝴蝶效应"，比如一件东西究竟是放在卧室衣橱里好还是搁到阳台杂物柜里好，可能就是一场大风暴的起始点。我或是正碰到文章写不顺发不畅之类的情况，自以为烦躁有理，她或是生理上恰失平衡正在难受，于是话赶话，抬硬杠，越吵越离奇，直到她气得噎哭，我才会幡然悔悟。到最后，总是我真诚地去抱着她双肩频频认罪忏悔，过一阵她似乎也确实原谅了我。但在她仙去后，这些令我痛苦的回忆越发地凸显出我性格中的劣质成分，使我意识到，从某种角度看，我实在是一个社会畸零人和家庭怪人，难为晓歌几十年竟终于还是宽厚地容纳了我。

我惹过多少事啊！光"舌苔事件"，试想一下，你家的电视机里播放着《新闻联播》，忽然新闻主播表情严肃到极点地告知全世界："现在播出一条刚刚收到的消息……"这条消息点了你家男主人的名，他惹了泼天大祸，被停职检查，那女主人会怎么样？那一天，我作为被点名的男主人，尽管还算镇定，心里也还是有些发慌，而作为女主人的晓歌呢？我已经记不得她的具体表现，总之，她让我非常舒服，完全没有在外面压力上再增添哪怕一丁点儿家里的压力或抑郁……凡遇大事她总如此，她会为一样东西不该让我鲁莽地扔进阳台储物柜跟我动气，却绝没有为我在社会上惹出的祸事上给予我一句的埋怨和一丝反常的脸色——其实往往明明株连到她。

晓歌也曾偶一为之地将她隐私笔记本里的一段文字抄录给我——尽管那时我已经使用电脑处理文字，她却始终还使用纸笔——表示愿意公开，我读了后一字未动地代她投给了《羊城晚报》，而他们也就原封未动地在《花地》副刊上刊出。那是晓歌在 1997 年和我一起应日本基金会邀请访问日本后，在 1998 年写成的。我将其录入了电脑，现在引用如下：

宫岛的鹿

吕晓歌

去秋，我随先生前往日本访问。去濑户内海的游览胜地——宫岛。那天，太阳躲在灰暗的云层里，散落着细细的雨丝。我们乘游轮抵达宫岛，进入游览区宽敞的售票大厅。鹿！几只小鹿！我一时惊喜万分！这之前，陪同的翻译山根小姐虽已向我们介绍过宫岛上有许多鹿，但如此地开门见山是不曾预料到的。几只鹿正徘徊在过往的游人间，那温和的目光像是在期待着什么，还有几只鸽子在鹿的脚边觅食。我感到很惊讶，原来人与动物能这般地互不干扰，这般地和谐吗？这时我发现有一只鹿正从果皮箱口处拽出一张纸片在咀嚼着，它们一定是饿了。我自幼喜爱动物，那鹿饥饿的样子，令我心中不忍，于是赶忙走到大厅一角的小卖部用了三百日元购得一包饼干，走过去给那几只鹿喂食，一片片递到它们口中。开始我有些紧张，虽然知道鹿是以植物为食且性格温驯的反刍类动物，但如此没有阻隔地与它们接触，却是有生以来第一次。但我很快就发现它们灵巧得很，在接受食物时，叼食准确却又对人秋毫无犯。我坦然喂食，倏地不知从哪里一下子冒出来十几只大大小小的鹿，它们闻风而来，将我紧紧围住，争着获取我手中的食物。我这才有些惶恐，担心招架不住它们，但更多占据心灵的仍是快乐，那无与伦比的快乐！我将手中最后一块饼干投给了一只只及人膝盖高的小鹿，然后向它们挥挥手，对不起，山根小姐在等待我们上路了。

进入宫岛内，展现在我们面前的是一幅十分壮观秀美的"浮世绘"：蔚蓝色的大海环抱着郁郁葱葱高达五百三十米的弥山，山上分布着多个天然公园，那里有浓荫蔽目的原始森林，有四季盛开的鲜花、碧青的草、翠绿的松和多彩的秋叶，其间掩映着大大小小体现着日本独特风格的宗教建筑——神社、寺院和茶室，真是如诗如画的人间仙境。我与先生都已到了知天命的年龄，自然放弃了登山，由山根小姐指引，漫步在山脚下一条蜿蜒的小路上。这时你会发现所经之处与目光所及的地方，路旁、树下、溪边、山坡上、草丛中……时时可见到那俏丽多姿的鹿影。它们是这岛上放养的小型鹿，体态轻盈玲珑，最大的不超过人的胸，通体浅棕色，背上带有白色的斑点。天公奇妙地赋予了这些生灵华美的盛装，雄鹿头上都伸展着一对丰硕的杈角，它们都有一双温静如水的眼睛，一副安安然然的体态，它们以生命的美丽点缀着大自然的山山水水，也给游人带来无尽的欢趣。

原来这岛上出售一种专为游人提供喂鹿的食物，只要五十日元一包，打开看里面是一些面包干，我买了几包一路上投喂它们，当时心想：假如身边有一群孩子，我定会让他们人手一份，使他们从小懂得要关爱这些大自然的生灵。

不觉中，我们步入了一条热闹的商业小街，街两旁充满了出售琳琅满目的旅游纪念品的摊档小店，及具有地方风味的餐厅、茶室，就在这条人来客往、熙熙攘攘的小街上，鹿仍然可以畅通无阻，不见有人驱赶它们，而它们也十分守规矩，尽管那些店铺的大门都是敞开的，它们并不贸然入内。有的鹿像嘴馋的小孩，一路上跟着我们要吃的，久久不肯离去，个别顽皮的还将头碰碰你。先生是个谨慎从事的人，他一边挥动着雨伞企图阻止前来"冒犯"的小鹿，一边说："当心啊！它们毕竟是兽，是缺乏理性的！"他的忠告也许是对的，但我却不以为然，狼食小孩的故事虽由来已久，但那却是久远的事了，现代人将地球上的动物都快杀光吃尽了，却还大言不惭地声言人是理性的，细想起来，人生在世所受的种种伤害，有多少是来自缺乏理性的动物呢？

一阵急促的雨点落下，我们顺势进入一家茶店坐下来休息品茶。山根小姐说："前些时，曾有人嫌宫岛上的鹿日益增多，提出要予以裁减，但遭到热爱动物人士的坚决抵制。"她边说边巡视着窗外，"不过今天显然比以往看到的鹿少多了。"啊？！我感到浑身一阵发紧，继而，山根小姐转过身与正在忙碌的女老板对话，然后对我们说："问过了，鹿一只都不少，今天因为是雨天，它们大都在山里没有出来。"听了她的解释，我一颗悬起的心才慢慢地平复下来。我手捧着碧绿、清香的日本煎茶，心中默念着："宫岛的鹿，祝你们永远平安！"

在离开宫岛前，我精心选购了一对木制的、上面有着精美鹿影的壁挂带回北京，将这段记忆永存。

和我一起重读这篇文章后，儿子说：其实妈妈写得比你好，这才真是文如其人啊！

是的，直到她仙去的前一天，晚饭后她还提着小纸袋去给楼区里的流浪猫送猫粮和干净的饮水。这个蔚蓝色的纸袋以及里面剩余的猫饼干和水瓶，我们现在搁在她遗像下。

但我和儿子都还不忍去触动她床头柜抽屉里的那些包括大小不一的笔记本等遗物。我们也许会永远保留，却并不翻阅。

四

我自己一直保留着一些从十三岁以来的大小不一的笔记本。从婚前一直保留到婚后。其间由于种种原因丢失损毁了一些，加上旧书信旧照片，现在也还足可填满书柜的一格。除旧照片不算隐私早已公开外，其余的东西晓歌从不曾过问，我也一直没有拿给她看过。

2008年，我曾想把一个1955年的读书笔记本拿给她看，跟她预告过，她也表示有兴趣，但因为种种原因，未能实现这项交流。

那是我现存最早的一个笔记本。是十三岁时候的东西。

笔记本很小，长十五厘米，宽十点五厘米大小，厚约一厘米，并没有写满。里面粘贴了一些从报纸上剪下的作家像，有鲁迅、普希金、海涅、雨果、塞万提斯、惠特曼、聂鲁达……

那时候我读到些什么？喜欢什么？

自然，第一页上我就恭楷抄录了苏联作家尼·奥斯特洛夫斯基的名言"人最宝贵的就是生命……人的一生应该这样来度过……献给世界上最壮丽的事业——为人类的解放而斗争"。

接下去是俄罗斯作家安·契诃夫的话："人的一切都应该是美丽的：面貌，衣裳，心灵，思想。"

我抄录了不少诗，其中有雨果的《啊，太阳》："呵，太阳，神明的面孔／山沟里的野花／听得见音波的山涧／细草丛中飘荡着芬芳／呵，树林里四处逼人的荆棘……"也有中国那时候儿童文学作家田地的《家乡》："一条小路沿着山脚与河岸／弯弯曲曲又细又长／就是天天走这条小路也不厌烦／因为没有比家乡更好的夏天／可以在大枫树下乘风凉／再没有比家乡更好的月亮／可以在打谷场上捉迷藏……"

我为苏联一位并不怎么著名的作家奥·哈夫金写的，反映后贝加尔湖地区中学生参军，在卫国战争中英勇牺牲的长篇小说《永远在一起》感动得不行，写下颇长的读后感，还抄录了书中的片段。我喜欢安徒生童话，对许多篇都写了读后感，但对王尔德的《快乐王子集》（巴金译）我这样写道："前面有的故事说明不要自私，更不要虚荣，反映出那个时候社会的不公平，还有

'哲学其实是一团肮脏无人道的东西'……但倒数第二个故事我还不大明白，总的来说这本书不大使我满意……"

我前后提到的书计有（不按时代地区分类，只按出现顺序）：《杨柳树和人行道》（苏联华希列夫斯卡娅）、《鼓手的命运》（苏联盖达尔）、《古丽亚的道路》《卓娅和舒拉的故事》（均为苏联英雄传记）、《猪的歌》（日本左翼作家高仓辉的小说）、《铁门中》（周立波）、《真正的人》（苏联波列伏依）、《绿野仙踪》（美国法兰克·鲍姆的长篇童话）、《斯巴达克》（未记下究竟是哪个版本）、《太阳照在桑干河上》（丁玲）、《李有才板话》（赵树理）、《腐蚀》（茅盾）、《红色保险箱》（苏联反特小说）、《草叶集》（美国惠特曼诗集，楚图南译）、《儒林外史》（清朝吴敬梓）、《洋葱头历险记》（意大利儿童文学作家罗大里的长篇童话）……

我想给晓歌翻看这个笔记本，除了打算引发出我们也许有过的相同或不同的阅读记忆，找到我们之所以能走到一起并持续相伴的心灵密码。也是因为在这个小小的笔记本里，还夹着几张压平的糖果包装纸——我们少年时代都攒过糖纸，还有我从杂志上剪下来的彩色的小白兔扶着猎枪叉着腰的画像——那时候根据苏联作家米哈尔科夫创作的童话《骄傲的小白兔》拍摄的电影《小白兔》热映颇久，那"提倡集体主义反对个人主义"的主题在课堂上老师反复向我们讲述过，也让我们写过相应的作文……见到这些东西晓歌一定会莞尔……

但是，我有绝对独家的东西让她观看，那体现出我在十三岁时确实已经有着鲜明的个性，而这个阶段具有优美的成分，就凭这个，晓歌后来跟我的结合应是无悔的……

那是夹在这个笔记本里的一幅钢笔画，不是临摹别人的作品，是我自己想象出来独立完成的。它画在一张薄薄的片艳纸上，那个时代我们做数学作业都使用那样的纸张。一张十六开的片艳纸，对裁再对裁，成为六十四开的一小张，就在那上面，我画了两个姑娘，站到一个有矮矮的栅栏的悬崖上，朝前面开阔的田野和河流眺望。高一点的姑娘梳着两条长辫子，似乎在指着前方说："那边多美呀！"矮一点的小姑娘短辫上扎着蝴蝶结，提着个小篮子，朝美好的那边望去……

我想让晓歌看这幅我十三岁时候画出来的钢笔画。画出这幅画十五年后，我们相遇并且结婚，过了一年我们有了宁馨儿远远……

我们经历过那么多风雨坎坷，我们也有过那么多甜蜜欢乐。

"那边多美呀！""那边"原来只意味着生活中尚未来临的时日，现在，晓歌仙去了，也就意味着一定有着某种生命的彼岸，晓歌先一步，我也会终于抵达……我们会在神秘的"那边"重逢，那边肯定是美好的！

我已经把这幅画复制放大，挂在我们的卧室里。晓歌，你再回来时，我又会感觉到窸窸窣窣的声响，那一定是你在一边梳头一边欣赏这幅图画。

（原载《上海文学》2009 年第 7 期）

05

勤劳的母亲

◎刘庆邦

之一：拾麦穗儿

　　小时候就听人说，勤劳是一种品德，而且是美好的品德。我听了并没有往心里去，没有把勤劳和美德联系起来。我把勤劳理解成勤快，不睡懒觉，多干活儿。至于美德是什么，我还不大理解。我隐约觉得，美德好像是很高的东西，高得让人看不见、摸不着，一般人的一般行为很难跟美德沾上边。后来在母亲身上，我才把勤劳和美德统一起来了。母亲的身教告诉我，勤劳不只是生存的需要，不只是一种习惯，的确关乎人的品质和人的道德。人的美德可以落实到人的手上、腿上、脑上和日常生活中，可以通过勤奋的劳动体现出来。

我想讲几件小事，来看看母亲有多么勤劳。第一件事是拾麦穗儿。

那是 1976 年，我和妻子在河南新密煤矿上班，母亲从老家来矿区给我们看孩子。我们的儿子那年还不到一周岁，需要有一个人帮我们看管。母亲头年秋后到矿区，到第二年过春节都没能回家。母亲还有两个孩子在老家，我的妹妹和我的弟弟。妹妹尚未出嫁，弟弟还在学校读书。过春节时母亲对他们也很牵挂，但为了不耽误我和妻子上班，为了照看她幼小的孙子，母亲还是留了下来。母亲舍不得让孩子哭，我们家又没有小推车，母亲就一天到晚把孩子抱在怀里。在天气好的时候，母亲还抱着孩子下楼，跟别的抱孩子的老太太一起，到几里外的矿区市场去转悠。往往是一天抱下来，母亲的小腿都累肿了，一摁一个坑。见母亲的腿肿成那样，我心里很不是滋味。但我当时只是劝母亲注意休息，别走那么远。为什么不给孩子买一辆小推车呢？事情常常就是这样，多年之后想起，我们才会感到心痛，感到愧悔。可愧悔已经晚了，想补救都没了机会。

除了帮我们看孩子，每天中午母亲还帮我们做饭。趁孩子睡着了，母亲抓紧时间和面，擀面条。这样，我们下班一回到家，就可以往锅里下面条。

矿区内包括一些农村，农村的沟沟坡坡都种着麦子。母亲对麦子很关心，时常跟我们说一些麦子生长的消息。麦子甩齐穗儿了。麦子扬花儿了。麦子黄芒了。再过几天就该动镰割麦了。母亲的心思我知道，她想回老家参与收麦。每年收麦，生产队都把气氛造得很足，把事情搞得很隆重，像过节一样。因为麦子生长周期长，头年秋天种上，到第二年夏天才能收割，人们差不多要等一年。期盼的时间越长，割麦时人们越显得兴奋。按母亲的说法，都等了大长一年了，谁都不想错过麦季子。然而我对收麦的事情不是很热衷。我觉得自己既然当了工人，就是工人的身份，而不是农民的身份。工人阶级既然是领导阶级，就要与农民阶级拉开一点距离。所以在母亲没有明确说出回老家收麦的情况下，我也没有顺着母亲的心思，主动提出让母亲回老家收麦。我的理由在那里明摆着，我们的女儿的确离不开奶奶的照看。

收麦开始了，母亲抱着孙女儿站在我们家的阳台上，就能看见拉着麦秧子的架子车一辆一辆从楼下的路上走过。在一个星期天，母亲终于明确提出，她要下地拾麦。母亲说，去年在老家，她一个麦季子拾了三十多斤麦子呢！母亲的这个要求我们无法阻止，星期天妻子休息，可以在家看孩子。那时还凭粮票买粮食，我们全家的商品粮供应标准一个月还不到八十斤，说实话有点紧巴。母亲要是拾到麦子，多少对家里的口粮也是一点添补。在粮店里，我们所买到的都是不知道放了多少年的陈麦磨出的面。母亲若拾回麦子，肯定是新麦。新麦怎么吃都是香的。

到底让不让母亲去拾麦，我还是有些犹豫。大热天的让母亲去拾麦，我倒不是怕邻居说我不孝。孝顺孝顺，孝和顺是联在一起的。没让母亲回老家收麦，我已经违背了母亲的意志，若再不同意母亲去拾麦，我真的有些不孝了。之所以犹豫，我担心母亲人生地不熟的，没地方去拾麦。我的老家在豫东，那里是一马平川的大平原，麦地随处可见。矿区在豫西，这里是浅山地带，麦子种在山坡或山沟里，零零碎碎，连不成片。我把我的担心跟母亲说了。母亲让我放心，说看见哪里有收过麦的麦地，她就到哪里去拾。我让母亲一定戴上草帽，太阳毒，别晒着。母亲同意了。我劝母亲带上一壶水，渴了就喝一口。母亲说不会渴，喝不着水。我还跟母亲说了一句笑话："您别走那么远，别迷了路，回不来。"母亲笑了，说我把她当成小孩子了。

母亲中午不打算回家吃饭，她提上那只准备盛麦穗儿用的黄帆布提包，用手巾包了一个馒头，就出发了。虽然我没有随母亲去，有些情景是可以想象的。比如母亲一走进收割过的麦地，就会全神贯注，低头寻觅。每发现一棵麦穗儿，母亲都会很欣喜。母亲的眼睛已经花了，有些秕穗儿她会看不清，拾到麦穗儿她要捏一捏，麦穗儿发硬，她就放进提包里，若发软，她就不要了。提包容积有限，带芒的麦穗儿又比较占地方，当提包快盛满了，母亲会把麦穗儿搓一搓，把麦糠扬弃，只把麦子儿留下，再接着拾。母亲一开始干活就忘了饿，不到半下午，她不会想起吃馒头。还有一些情况是不敢想象的。我不知道当地农民许不许别人到他们的地里拾麦子。他们看见一个外地老太太拾他们没收干净的麦子，会不会呵斥我母亲？倘母亲因拾麦而受委屈，岂不是我这个当儿子的罪过！

傍晚，母亲才回来了。母亲的脸都热红了，鞋上和裤腿的下半段落着一层黄土。母亲说，这里的麦子长得不好，穗子都太小，她走了好远，才拾了这么一点。母亲估计，她一整天拾的麦子，去掉麦糠，不过五六斤的样子。我接过母亲手中的提包，说不少不少，很不少。让母亲洗洗脸，快歇歇吧。母亲好像没受到什么委屈。第二天，母亲还要去拾麦，她说走得更远一点试试。妻子只好把女儿托给同在矿区居住的我的岳母暂管。

母亲一共拾了三天麦穗儿。她把拾到的麦穗儿在狭小的阳台上用擀面杖又捶又打，用洗脸盆又簸又扬，收拾干净后，大约收获了二三十斤麦子。母亲似乎感到欣慰，当年的麦季她总算没有白过。

妻子和母亲一起，到附近农村借用人家的石头碓窑，把麦子外面的一层皮舂去了，只留下麦仁儿。烧稀饭时把麦仁儿下进锅里，嚼起来筋筋道道，满口清香，真的很好吃。妻子把新麦仁儿分给岳母一些，岳母也说新麦好吃。

没回生产队参加收麦，母亲付出了代价，当年队里没分给母亲小麦。母亲没挣到工分，用工分参与分配的那一部分小麦当然没有母亲的份儿，可按人头分配的那一半人头粮，队里也给母亲取消了。母亲因此很生气，去找队长理论。队长是我的堂叔，他说，他以为母亲不回来了呢！母亲说，她还是村里的人，怎么能不回来！

后来我回家探亲，堂叔去跟我说话，当着我的面，母亲又质问堂叔，为啥不分给她小麦。堂叔支支吾吾，说不出像样的理由，显得很尴尬。我赶紧把话题岔开了。没让母亲回队里收麦，责任在我。

之二：捡布片儿

在上个世纪80年代的中后期，我们家搬到北京朝阳区的静安里居住。这是我们举家迁至北京的第三个住所。第一个住所在灵通观一座六层楼的顶层，我们家和另一家合住。我们家住的是九平方米的小屋。第二个住所，我们家从六楼搬到该楼二楼，仍是与人家合住，只不过住房面积增加至十五平方米。搬到静安里一幢新建居民楼的二楼，我们才总算有了独门独户的二居室和一个小客厅，再也不用与别人家共用一个厨房和厕所了。

住房稍宽敞些，我几乎每年都接母亲到城里住一段时间。一般是秋凉时来京，在北京住一冬天，第二年麦收前回老家。母亲有头疼病，天越冷疼得越厉害。老家的冬天屋内结冰，太冷。而北京的居室里有暖气供应，母亲的头就不怎么疼了。母亲愿意挨着暖气散热器睡觉。她甚至跟老家的人说，是北京的暖气把她的头疼病暖好了。

母亲到哪里都不闲着，仿佛她生来就是干活的，不找点活儿干，她浑身都不自在。这时我们的儿子已开始上小学，我和妻子中午都不能回家，母亲的主要任务是中午为孙子和她自己做一顿饭。为了帮我们筹备晚上的饭菜，母亲每天还要到附近的农贸市场买菜。她在市场上转来转去，货比三家，哪家的菜最便宜，她就买哪家的。妻子的意见，母亲只把菜买回来就行了，等她下班回家，菜由她下锅炒。有些话妻子不好明说，母亲的眼睛花得厉害，又舍不得多用自来水，洗菜洗得比较简单，有时菜叶上还有黄泥，母亲就把菜放到锅里去了。因话没有说明，妻子不让母亲炒菜，母亲理解成儿媳妇怕她累着。而母亲认为，她的儿子和儿媳妇在班上累了一天，回家不应再干活，应该吃点现成饭才好。母亲炒菜的积极性越发的高。往往是我们刚进家门，母亲已把几个菜炒好，并盛在盘子里，用碗扣着，摆在了餐桌上。母亲炒的大都是青菜，如绿豆芽儿、芹菜之类。因样数儿比较多，显得很丰富。母亲总是很高兴的样子，让我们赶紧趁热吃。好在我妻子从来不扫母亲的兴，吃到母亲炒的每一样菜，她都说好吃，好吃。

倒是我表现得不够好。我肚子里嫌菜太素，没有肉或者肉太少，没什么吃头儿，吃得不是很香。还有，妻子爱吃绿豆芽儿，我不爱吃绿豆芽儿，母亲为了照顾妻子的口味，经常炒绿豆芽儿，把我的口味撇到一边去了。有一次，我见母亲让我吃这吃那，自己却舍不得吃，我说："是您炒的菜，您得带头儿多吃。"话一出口，我就有些后悔，可已经晚了。定是我的话里带出了不满的情绪，母亲的情绪一下子低落下来。我不应该有那样的情绪，这件事够我忏悔一辈子的。

买菜做饭的活儿不够母亲干，母亲的目光被我们楼门口前面一个垃圾场吸引住了。我们住的地方是新建成的住宅小区，配套设施暂时还跟不上，整个小区没有封闭式垃圾站，也没有垃圾桶，垃圾都倒在一个露天垃圾场上，摊成很大的一片。市环卫局的大卡车每两三天才把垃圾清理一次。垃圾多是生活垃圾，也有生产垃圾。不远处有一家规模很大的衬衫厂，厂里的垃圾也往垃圾场上倒，生产垃圾也不少。垃圾场引来不少捡垃圾的人，有男的，有女的；有本地人，也有外地人。他们手持小铁钩子，轮番在垃圾场扒来扒去，捡来捡去。母亲对那些生产垃圾比较感兴趣。她先是站在场外看人家捡。后来一个老太太跟她搭话，她就下场帮老太太捡。她捡的纸纸片片、瓶瓶罐罐，都给了老太太。再后来，母亲或许是接受了老太太的建议，或许是自己动了心，她也开始捡一些自己认为有用的东西拿回家来。母亲从生产垃圾堆里只捡三样东西：纱线、扣子和布片儿。她把乱麻般的纱线理出头绪，再缠成团。她捡到的扣子都是那种缀在衬衣上的小白扣儿，有塑料制成的，也有贝壳做成的。扣子都很完好，一点破损都没有（计划经济时期，工人对原材料不是很爱惜）。母亲把捡到的扣子盛到一只塑料袋里，不几天就捡了小半袋，有上百枚。母亲跟我说，把这些线和扣子拿回老家去，不管送给谁，谁都会很高兴。

母亲捡得最多的是那些碎布片儿。布片儿是衬衫厂裁下来的下脚料，面积都不大，大的像杨树叶，小的像枫树叶。布片儿捡回家，母亲把每一块布片儿都剪成面积相等的三角形，而后戴上老花镜，用针线把布片儿细细地缝在一起。四块三角形的布片就可以对成一个正方形。再把许许多多正方形拼接在一起呢，就可以拼出一条大面积的床单或被单。在我们老家，这种把碎布拼接在一起的做法叫对花布。谁家的孩子娇，需要穿百家衣，孩子的母亲就走遍全村，从每家每户要来一片布，对成花布，做成百家衣。那时各家都缺布，有的人家连块给衣服的破洞打补丁的布都没有，要找够能做一件百家衣的布片儿难着呢。即使把布片儿讨够了，花色也很单一，多是黑的和白的。让母亲高兴的是，在城里被人说成垃圾的东西里，她轻易就能捡出好多花花绿绿的新布片儿。

母亲对花布对得很认真，也很用心，像是把对花布当成工艺美术作品来做。比如在花色的搭配上，一块红的，必配一块绿的；一块深色的，必配一块浅色的；一块方格的，必配一块团花的；一块素雅的，必配一块热闹的，等等。一条被单才对了一半，母亲就把花布展示给我和妻子看。花布上百花齐放，真的很漂亮。谁能说这样的花布不是一幅图画呢！这就是我的心灵手巧的母亲，是她把垃圾变成了花儿，把废品变成了布。

然而当母亲对妻子说，被单一对好她就把被单给我妻子时，我妻子说，她不要，家里放的还有新被单。妻子让母亲把被单拿回老家自己用，或者送给别人。妻子私下里对我说，布片儿对成的被单不卫生。垃圾堆里什么垃圾都有，布片儿既然扔到垃圾堆里，上面不知沾染了多少细菌呢。妻子让我找个机会跟母亲说一声，以后别去垃圾堆里捡布片儿了。妻子的意思我明白，她不想让母亲捡布片儿，不只是从卫生角度考虑问题，还牵涉到我们夫妻的面子问题。这个问题我也考虑过。那些捡垃圾的多是衣食无着的人，而我的母亲吃不愁、穿不愁，没必要再去垃圾堆捡东西。我和妻子毕竟是国家的正式职工，工作还算可以，让别人每天在垃圾场上看见母亲的身影，对我们的面子不是很有利。于是我找了个机会，委婉地劝母亲别去捡布片儿了。我说出的理由是，布片儿不干净，接触多了对身体不好。人有一个好身体是最重要的。母亲像是很快明白了我的意思，答应不去捡布片儿了。

我以为母亲真的不去捡布片儿了，也放弃了用布片儿对被单。十几年之后，母亲在老家养病，我回去陪伴母亲。有一次母亲让我猜，她在北京那段时间一共对了多少条被单。我猜了一条？两条？母亲只是笑。我承认我猜不出，母亲才告诉我，她一共对了五条被单。被单的面积是很大的，把一条被单在双人床上铺开，要比双人床长出好多，宽出近一倍。用零碎的小三角形布片儿对出五条被单来，要费多少功夫，付出多么大的耐心和辛劳啊！不难明白，自从我说了不让母亲去捡布片儿，母亲再捡布片儿，对床单，就避免让我们看见。等我和妻子上班去了，儿子上学去了，母亲才投入对被单的工作。估计我们该下班了，母亲就把布片儿和被单收起来，放好，做得不露一点痕迹。临回老家时，母亲提前就把被单压在提包下面了。

母亲把她对的被单送给我大姐、二姐和妹妹各一条。母亲去世后，她们姐妹把被单视为对母亲的一种纪念物，对被单都很珍惜。可惜，我没有那样一条母亲亲手制作的纪念品（写到这里，我泪流不止，哽咽不止）。

之三：搂树叶儿

只要在家，母亲每年秋天都要去村外的路边塘畔搂树叶儿。如同农人每年都要收获粮食，母亲还要不失时机地收获树叶儿。我们那里不是扫树叶儿，是搂树叶儿。搂树叶儿的基本工具有两件，一件是竹箅子，另一件是大号的荆条筐。用带排钩儿的竹箅子把树叶儿聚拢到一起，盛到荆条筐里就行了。

不是谁想搂树叶儿就能搂到的，这里有个时机问题。如果时机掌握得好，可以搂到大量的树叶儿。错过了时机呢，就搂不到树叶儿，或者只能搂到很少的树叶儿。树叶儿在树上长了一春、一夏，又一秋，仿佛对枝头很留恋似的，不肯轻易落下。你明明看见树叶发黄了、发红了，风一吹它们乱招手，露出再见的意思，却迟迟没有离去。直到某天夜里，寒霜降临，大风骤起，树叶儿才纷纷落下。树叶儿不落是不落，一落就像听到了统一的号令，采取了统一的行动，短时间铺满一地。这是第一个时机。第二个时机是，你必须在树叶儿集中落地的当天清晨早点起来，赶在别人前面去树下搂树叶儿，两个时机都抓住了，你才会满载而归。在我们村，母亲是一贯坚持每年搂树叶儿的人之一，也是极少数能把两个时机都牢牢抓住的搂树叶儿者之一。

母亲对气候很敏感，加上母亲睡觉轻，夜间稍有点风吹草动就醒了。一听见树叶儿哗哗落地，母亲就不睡了，马上起床去搂树叶儿。院子里落的树叶儿母亲不急着搂，自家的院落自家的树，树叶儿落下来自然归我们家所有。母亲先去搂的是公共地界上落的树叶儿。往往是村里好多人还在睡觉，母亲已大筐大筐地把树叶儿往家里运。母亲搂回的什么树叶儿都有，有大片的桐树叶儿，中片的杨树叶儿和柿树叶儿，还有小片的柳树叶儿和椿树叶儿。树叶儿有金黄的，也有玫瑰红的。母亲把树叶儿摊在院子里晾晒，乍一看还让人以为是满院子五彩杂陈的花瓣儿呢！

母亲搂树叶儿当然是为了烧锅用。在人民公社和生产队那会儿，社员都买不起煤。队里的麦草和玉米秸秆不是铡碎喂牲口了，就是沤粪用了，极少分给社员。可以说家家都缺烧的。烧的和吃的同样重要，按母亲的话说，有了这把柴火，锅就烧滚了，缺了这把柴火呢，饭就做不熟。为了弄到烧的，人们不仅把地表上的草毛缨子都收拾干净，还挖地三尺，把河坡里的茅草根都扒出来了。女儿一岁多时，我把女儿抱回老家，托给母亲照管。母亲一边看着我女儿，仍不耽误她一边搂树叶儿。母亲不光自己搂树叶儿，还用一根大针纫了一根线，教我女儿拾树叶儿。女儿拾到一片树叶儿，就穿在线上，一会儿就穿了一大串。以至我女儿回到矿区后，一见地上的落叶儿就惊喜得不得了，一再说："咋恁多树叶子呀！"挣着身子，非要去捡树叶儿给奶奶烧锅。

上了年纪，母亲的腿脚不那么灵便了，可她每年秋天搂树叶儿的习惯还保持着。按说这时候母亲不必搂树叶儿了。分田到户后，粮食打得多，庄稼秆儿也收得多，各家的柴草大垛小垛，再也不用为缺烧的发愁。有的人家甚至把多余的玉米秆在地里点燃了，弄得狼烟动地。我托人从矿上给母亲拉了煤，并让人把煤做成一个个蜂窝形状的型煤，母亲连柴火都不用烧了。可母亲为什么还要到村外去搂树叶儿呢？

树叶儿落时正是寒风起时，母亲等于顶着阵阵寒风去搂树叶儿。有时母亲刚把树叶儿搂到一起，一阵大风刮来，又把树叶儿刮散了，母亲还得重新搂。母亲低头把搂到一堆的树叶往筐里抱时，风却把母亲的头巾刮飞了，母亲花白的头发飞扬着，还得赶紧去追头巾。母亲搂着树下的树叶儿，树上的树叶还在不断落着。熟透了的树叶儿像是很厚重，落在地上啪啪作响。母亲搂完了一层树叶儿，并不马上离开，等着搂第二层第三层树叶儿。在沟塘边，一些树叶儿落在水里，一些树叶儿落在斜坡上。落进水里的树叶儿母亲就不要了，落在斜坡上的树叶儿，母亲还要小心地沿着斜坡下去，把树叶儿搂上来。刘姓是我们村的大姓，我在村里有众多的堂弟。不少堂弟都劝我母亲不要搂树叶儿了。他们叫我母亲叫大娘，说大娘要是没烧的，就到他们的柴草垛上抱去。这么大年纪了，还起早贪黑地搂树叶子，何必呢！有的堂弟还提到了我，说："大娘，俺大哥在北京工作，让我们在家里多照顾您。您这么大年纪了还自己搂树叶子烧，大哥要是知道了，叫我们的脸往哪儿搁呢！"

这话说得有些重了，母亲不作出解释不行了，母亲说，搂树叶儿累不着她，她权当出来走走，活动活动身体。

我回家看望母亲，一些堂弟和叔叔婶子出于好心好意，纷纷向我反映母亲还在搂树叶儿的事。他们的反映带有一点告状的性质，仿佛我母亲做下了什么错事。这就是说，不让母亲搂树叶儿，在我们村已形成了一种舆论，母亲搂树叶儿不仅要付出辛劳，还要顶着舆论的压力。母亲似乎有些顶不住了，有一天母亲对我说："他们都不想让我搂树叶儿了，这咋办呢？"

我知道，母亲在听我一句话，我要是也不让母亲搂树叶儿，母亲也许再也不去搂了。我选择了支持母亲，说："娘，只要您高兴，想搂树叶儿只管搂，别管别人说什么。"

朋友们，在这件事情上，我没有做错吧?

就算我没有做对，你们也要骗骗我，不要说我不对。在有关母亲的事情上，我已经脆弱得不能再脆弱了。

（原载《文学界》2007 年第 1 期）

06

抱着父亲回故乡

◎刘醒龙

这是我第一次描写父亲。

请多包涵。就像小时候，

我总是原谅小路中间的那堆牛粪。

这是我第一次描写家乡。

请多包涵。就像小时候，

我总是原谅小路中间的那堆牛粪。

——题记

抱着父亲。

我走在回故乡的路上。

一只模模糊糊的小身影，在小路上方自由地飘荡。

田野上自由延伸的小路，左边散落着一层薄薄的稻草。相同的稻草薄薄地遮盖着道路右边，都是为了纪念刚刚过去的收获季节。茂密的芭茅草，从高及屋檐的顶端开始，枯黄了所有的叶子，只在茎干上偶尔留一点苍翠，用来记忆狭长的叶片，如何从那个位置上生长出来。就像人们时常惶惑地盯着一棵大树，猜度自己的家族，如何在树下的老旧村落里繁衍生息。

我很清楚，自己抱过父亲的次数。哪怕自己是天下最弱智的儿子，哪怕自己存心想弄错，也不会有出现差错的可能。因为，这是我平生第一次抱起父亲，也是我最后一次抱起父亲。

父亲像一朵朝云，逍遥地飘荡在我的怀里。童年时代，父亲总在外面忙忙碌碌，一年当中见不上几次，刚刚迈进家门，转过身来就会消失在租住的农舍外面的梧桐树下。长大之后，遇到人生中的某个关隘苦苦难渡时，父亲一改总是用学名叫我的习惯，忽然一声声呼唤着乳名，让我的胸膛感觉到一种从未有过的温厚。那时的父亲，则像是穿堂而过的阵阵晚风。

父亲像一只圆润的家乡鱼丸，而且是在远离江畔湖乡的大山深处，在滚滚的沸水中，既不浮起，也不沉底，在水体中段舒缓徘徊的那一种。父亲曾抱怨我的刀功不力，满锅小丸子，能达到如此境界的少之又少。

抱着父亲，我才明白，能在沸水中保持平静是何等的性情之美。父亲像是一只丰厚的家乡包面，并且绝对是不离乌林古道两旁的敦厚人家所制。父亲用最后一个夏天，来表达对包面的怀念。那种怀念不只是如痴如醉，更近乎偏执与狂想。好不容易弄了一碗，父亲又将所谓包面拨拉到一边，对着空荡荡的筷子生气。抱着父亲，我才想到，山里手法，山里原料，如何配制大江大湖的气韵？只有聚集各类面食之所长的家乡包面，才能抚慰父亲 50 年离乡之愁。

怀抱中的父亲，更像一枚 5 分硬币。那是小时候我们的压岁钱。父亲亲手递上的，是坚硬，是柔软，是渴望，是满足，如此种种，百般亲情，尽在其中。

怀抱中的父亲，更像一颗砣砣糖。那是小时候我们从父亲的手提包里掏出来的，有甜蜜，有芬芳，更有过后长久留存的种种回甘。

父亲抱过我多少次？我当然不记得。

我出生时，父亲在大别山中一个叫黄栗树的地方，任帮助工作的工作队长。得到消息，他借了一辆自行车，用一天时间，骑行 300 里山路赶回家，抱起我时，随口为我取了一个名字。这是唯一一次由父亲亲口证实的往日怀抱。父亲甚至说，除此以外，他再也没有抱过我。我不相信这种说法。与天下的父亲一样，男人的本性使得父亲尽一切可能，不使自己柔软的另一面显露在儿子面前。所谓有泪不轻弹，所谓有伤不常叹，所谓膝下有黄金，所谓不受嗟来之食，说的就是父亲一类的男人。所以，父亲不记得抱过我多少次，是因为父亲不想将女孩子才会看重的情感元素太当回事。

头顶上方的小身影还在飘荡。

我很想将她当作是一颗来自天籁的种子，如蒲公英和狗尾巴草，但她更像父亲在山路上骑着自行车的样子。

在父亲心里，有比怀抱更重要的东西值得记起。对于一个男人来说，一辈子都在承受父亲的责骂，能让其更有效地锤炼出一副更能够担当的肩膀。不必有太多别的想法，凭着正常的思维，就能回忆起，一名男婴，作为这个家庭的长子，谁会怀疑那些集于一身的万千宠爱？

抱着父亲，我们一起走向回龙山下那个名叫郑仓的小地方。

抱着父亲，我还要送父亲走上那座没有名字的小山。

郑仓正南方向这座没有名字的小山，向来没有名字。

乡亲们说起来，对我是用"你爷爷睡的那山上"一语作为所指，意思是爷爷的归宿之所。对我堂弟，则是用"你父亲小时候睡通宵的那山上"，意思是说我那叔父尚小时夜里乘凉的地方。家乡之风情，无论是历史还是现世，无论是家事还是国事，无论是山水还是草木，无论是男女还是老幼，常常用一种固定的默契，取代那些似无必要的烦琐。譬如，父亲会问，你去那山上看过没有？莽莽山岳，叠叠峰峦，大大小小数不胜数，我们绝对不会弄错，父亲所说的山是哪一座！譬如父亲会问，你最近回去过没有？人生繁复，去来曲折，有情怀而日夜思念的小住之所，有愁绪而挥之不去的长留之地，只比牛毛略少一二，我们也断断不会让情感流落到别处。

小山太小，不仅不能称为峰，甚至连称其为山也觉得太过分。那山之微不足道，甚至只能叫作小小山。因为要带父亲去那里，因为离开太久而缺少对家乡的默契，那地方就不能没有名字。像父亲给我取名那样，我在心里给这座小山取名为小秦岭。

我将这山想象成季节中的春与秋。父亲的人生将在这座山上分成两个部分，一部分称为春，一部分称为秋。称为春的这一部分有88年之久，称为秋的这一部分，则是无边无际。就像故乡小路前头的田野，近处新苗苗壮，早前称作谷雨，稍后又有芒种，实实在在有利于打理田间。又如，数日之前的立冬，还有几天之后的小雪，明明白白提醒要注意正在到来的隆冬。相较远方天地苍茫，再用纪年表述，已经毫无意义！

我不敢直接用春秋称呼这小山。

春秋意义太深远！

春秋场面太宏阔！

春秋用心太伟大！

春秋用于父亲，是一种奢华，是一种冒犯。

父亲太普通，也太平凡，在我抱起父亲前几天，父亲还在挂惦一件衣服，还在操心一点养老金，还在渴望新婚的孙媳何时为这个家族添上男性血脉，甚至还在埋怨那根离手边超过半尺的拐杖！父亲也不是没有丁点志向，在我抱起父亲的前几天，父亲还要一位老友过几天再来，一起聊一聊"十八大"；还要关心偶尔也会被某些人称为老人的长子，下一步还有什么目标。

于是我想，这小山，这小小山，一半是春，一半是秋，正好合为一个秦字，为什么不能叫作小秦岭呢？父亲和先于父亲回到这山上的亲友与乡亲，人人都是半部春秋！

那小小身影还在盘旋，不离不弃地跟随着风，或者是我们。

小路弯弯，穿过芭茅草，又是芭茅草。

小路长长，这头是芭茅草，另一头还是芭茅草。

轻轻地走在芭茅草丛中，身边如同弥漫着父亲童年的炊烟，清清淡淡，芬芬芳芳。炊烟是饥饿的天敌，炊烟是温情的伙伴。而这些只会成为炊烟的芭茅草，同样既是父亲的天敌，又是父亲的伙伴。在父亲童年的一百种害怕中，毒蛇与马蜂排在很后的位置，传说中最令人毛骨悚然的鬼魂，亲身遇见过的荧荧鬼火都不是榜上所列的头名。被父亲视为恐怖之最的正是郑仓垸前垸后，山上山下疯长着的芭茅草。这家乡田野上最常见的植物，超越乔木，超越灌木，成为人们在倾心种植的庄稼之外，最大宗物产。80年前的这个季节，8岁的父亲正拿着镰刀，光手光脚地在小秦岭下功夫收割芭茅草。这些植物曾经割破少年鲁班的手。父亲的手与脚也被割破了无数次。少年鲁班因此发明了锯子。父亲没机会发明锯子了。父亲只是疑惑，这些作为家中柴火的植物，为什么非要生长着锯齿一样的叶片？

芭茅草很长很逶迤，叶片上的锯齿锋利依然。怀抱中的父亲很安静，亦步亦趋地由着我，没有丁点儿犹豫和畏葸。暖风中的芭茅草，见到久违的故人，免不了也来几样曼妙身姿，瑟瑟如塞上秋词。此时此刻，我不晓得芭茅草与父亲再次相逢的感觉。我只清楚，芭茅草用罕有的温顺，轻轻地抚过我的头发，我的脸颊，我的手臂、胸脯、腰肢和双腿，还有正在让我行走的小路。分明是母亲八十大寿那天，父亲拉着我的手，感觉上有些苍茫，有些温厚，更多的是不舍与留恋。

冬日初临，太阳正暖。

这时候，父亲本该在远离家乡的那颗太阳下面，眯着双眼小声地响着呼噜，晒晒自己。身边任何事情看上去与之毫无关系，然而，只要有熟悉的声音出现，父亲就会清醒过来，用第一反应拉着家人，毫无障碍地聊起台湾、钓鱼岛和航空母舰。是我双膝跪拜，双手高举，从铺天盖地的阳光里抱起父亲，让父亲回到更加熟悉的太阳之下。我能感觉到家乡太阳对父亲格外温馨，已经苍凉的父亲，在我的怀抱里慢慢地温暖起来。

小路还在我和父亲的脚下。

小路正在穿过父亲一直在念叨的郑仓。

有与父亲一道割过芭茅草的人，在埂边叫着父亲的乳名。鞭炮声声中，我感到父亲在怀里轻轻颤动了一下。父亲一定是回答了。像那呼唤者一样，也在说，回来好，回到郑仓一切就好了！像小路旁的芭茅草记得故人，22 户人家的郑仓，只认亲人，而不认其他。恰逢家国浩劫，时值中年的父亲逃回家乡，芭茅草掩蔽下的郑仓，像芭茅草一样掩蔽起父亲。没有人为难父亲，也没有人敢来为难父亲。那时的父亲，一定也听别人说，同时自己也说，回到郑仓，一切就好了。

随心所欲的小路，随心所欲地穿过那些新居与旧宅。

我还在抱着父亲。正如那小小身影，还在空中飞扬。

不用抬头，我也记得，前面是一片竹林。无论是多年前，还是多年之后，这竹林总是同一副模样。竹子不多也不少，不大也不小，不茂密也不稀疏。竹林是郑仓一带少有的没有生长芭茅草的地方，然而那些竹子却长得像芭茅草一样。

没有芭茅草的小路，再次落满因为收获而遗下的稻草。

父亲喜欢这样的小路。父亲还是一年四季都是赤脚的少年时，则更加喜欢，不是因为宛如铺上柔软的地毯，是因为这稻草的温软，或多或少地阻隔了地面上的冰雪寒霜。那时候的父亲，深得姑妈体恤，不管婆家有没有不满，年年冬季，都要给侄儿侄女各做一双布鞋。除此之外，父亲他们再无穿鞋的可能。1991年中秋节次日，父亲让我陪着走遍黄州城内的主要商店，寻找价格最贵的皮鞋。父亲亲手拎着因为价格最贵而被认作是最好的皮鞋，去了父亲的表兄家，亲手将皮鞋敬上，以感谢自己的姑妈，我的姑奶奶的当年之恩情。

接连几场秋雨，将小路洗出冬季风骨。太阳晒一晒，小路上又有了些许别的季节风情。如果是当年，这样的季节，这样的天气，再有这样的稻草铺着，赤脚的父亲一定会冲着这小路欢天喜地。这样的时候，我一定要走得轻一些，走得慢一些。这样的时候，我一定要走得更轻一些，更慢一些。然而，竹林是天下最普通的竹林，也是天下最漫不经心的竹林，生得随便，长得随便，小路穿过竹林也没法不随便。

北风微微一吹，竹林就散去，将一座小山散淡地放在小路前面。

用不着问小路，也用不着问父亲，这便是那小秦岭了。

有一阵，我看不见那小小身影了，还以为她不认识小秦岭，或者不肯去往小秦岭。不待我再多想些什么，那小小身影又出现了，那样子只可能是落在后面，与那些熟悉的竹梢小有缠绵。

父亲的小秦岭，乘过父亲童年的凉，晒过父亲童年的太阳，饿过父亲童年的饥饿，冷过父亲童年的寒冷，更盼过父亲童年对外出做工的爷爷的渴盼。小秦岭是父亲的小小高地。童年之男踮着脚或者拼命蹦跳，即便是爬上那棵少有人愿意爬着玩的松树，除了父亲的父亲，我的爷爷，父亲还能盼望什么呢？远处的回龙山，更远处的大崎山，这些都不在父亲的期盼范围。

父亲更没有望见，在比大崎山更远的大别山深处那个名叫老鹳冲的村落。蜿蜒在老鹳冲村的小路我走过不多的几次。那时候的父亲身强体壮，父亲立下军令状，不让老鹳冲因全村人年年外出讨米要饭而继续著名。那里小路更坚硬，也更复杂。父亲在远离郑仓，却与郑仓有几分相似的地方，同样留下一次著名的伫立。是那山洪暴发的时节，村边沙河再次溃口。就在所有人只顾慌张逃命时，有人发现父亲没有逃走。父亲不是英雄，没有跳入洪水中，用身体堵塞溃口。父亲不是榜样，没有振臂高呼，让谁谁谁跟着自己冲上去。父亲打着伞，纹丝不动地站在沙堤溃口，任凭沙堤在脚下一块崩塌。逃走人纷纷返回时，父亲还是那样站着，什么话也没说，直到溃口被堵住，父亲才说，今年不用讨米要饭了。果然，这一年，丰收的水稻，将习惯外出讨米要饭的人，尽数留了下来。

我的站在沙河边的父亲！

我的站在小秦岭上的父亲！

一个在怀抱细微的梦想！

一个在怀抱质朴的理想！

春与秋累积的小秦岭！短暂与永恒相加的小秦岭！离我们只剩下几步之遥了，怀抱中的父亲似乎贴紧了些。我不由得将步履迈得比慢还要慢。我很清楚，只要走完剩下几步，父亲就会离开我的怀抱，成为一种梦幻，重新独自伫立在小秦岭上。

小路尽头的稻草很香，是那种浓得令人内心颤抖的酽香。如果它们堆在一起燃烧成一股青烟，就不仅仅为父亲所喜欢，同样会被我所喜欢。那样的青烟绕绕，野火燎燎，正是头一次与父亲一同行走在这条小路上的情景。

同样的父亲，同样的我，那一次，父亲在这小路上，用那双大脚流星追月一样畅快地行走，快乐得可以与任何一棵小树握握手，可以与任何一只小兽打招呼，更别说突然出现在小路拐弯处久违的发小。那一次，我完完全全是个多余的人。家乡对我的反应，几乎全是一个"啊"字。还分不清在这唯一的"啊"字后面，是画上句号，还是惊叹号，或许是省略号？那也是我所见过的父亲风采中，称得上忽发少年狂的仅有一次。

小秦岭！郑仓！张家寨！标云岗！上巴河！

在那稍纵即逝的少年回眸里，凡目光触及所在，全属于父亲！父亲是那样贪婪！父亲是那样霸道！即使是整座田野上最难容下行人脚步的田埂，也要试着走上一走，并且总有父亲渴望发现的发现，渴望获得的获得。

如果家乡是慈母，我当然相信，那一次的父亲，正是一个成年男子为内心柔软所在寻找寄托。如果大地有怀抱，我更愿相信，那一次的父亲，正是对能使自身投入的怀抱的寻找。

小路，只有小路，才是用来寻找的。

小路，只有小路，才是用来深爱的。

小路，只有小路，才是用来回家的。

八十八年的行走，再坚硬的山坡也被踩成一条与后代同享的坦途。

一个坚强的男人，何时才会接受另一个坚强男人的拥抱？

一个父亲，何时才会没有任何主观意识地任凭另一个父亲将其抱在怀里？

无论如何，那一次，我都不可能有抱起父亲的念头。无论父亲做什么和不做什么，也无论父亲说什么和不说什么，更遑论父亲想什么和不想什么。现在，无论如何，我也同样不可能有放弃父亲的念头。无论父亲有多重和有多轻，也无论父亲有多冷和有多热，更别说父亲有多少恩和多少情。

在我的词汇里，曾经多么喜欢"大路朝天"这个词。

在我的话语中，也曾如此欣赏"小路总有尽头"的说法。

此时此刻，我才发现大路朝天也好，小路总有尽头也罢，都在自己的真情实感范围之外。

一条青蛇钻进夏天的草丛，一只狐狸藏身秋天的谷堆，一枚枯叶卷进冬天的寒风，一片冰雪化入春天的泥土。无须提醒，父亲肯定明白，小路像青蛇、狐狸、枯叶和冰雪那样，在我的脚下消失了。父亲对小秦岭太熟悉，即便是在千山万壑之外做噩梦时，也不会混淆金银花在两地芳菲的差异；也不会分不出，此处花喜鹊与彼处花喜鹊鸣叫的不同。

小路起于平淡无奇，又始于平淡无奇。

没有路的小秦岭，本来就不需要路。父亲一定是这样想的，春天里采过鲜花，夏天里数过星星，秋天里摘过野果，冬天里烧过野火，这样的去处，无论什么路，都是画蛇添足的多余败笔。

山坡上，一堆新土正散发着千万年深蕴而生发的大地芬芳。父亲没有挣扎，也没有不挣扎。不知何处迸发出来的力量，将父亲从我的怀抱里带走。或许根本与力学无关。无人推波助澜的水，也会在小溪中流淌；无人呼风唤雨的云，也会在天边散漫。父亲的离散是逻辑中的逻辑，也是自然中的自然。说道理没有用，不说道理也没有用。

龙回大海，凤凰还巢，叶落归根，宝剑入鞘。

父亲不是云，却像流云一样飘然而去。

父亲不是风，却像东风一样独赴天涯。

我的怀抱里空了，却很宽阔。因为这是父亲第一次躺过的怀抱。

我的怀抱里轻了，却很沉重。因为这是父亲最后一次躺过的怀抱。

趁着尚且能够寻觅的痕迹，我匍匐在那堆新土之上，一膝一膝，一肘一肘，从黄丘一端跪行到另一端。一只倒插的镐把从地下慢慢地拔起来，三尺长的镐把下面，留着一道通达蓝天大地的洞径，有小股青烟缓缓升起。我拿一些吃食，轻轻地放入其中。我终于有机会亲手给父亲喂食了。我也终于有机会最后一次亲手给父亲喂食。是父亲最想念的包面，还是父亲最不肯马虎的鱼丸？我不想记住，也不愿记住。有黄土涌过来，将那嘴巴一样，眼睛一样，鼻孔一样，耳郭一样，肚脐一样，心窝一样的洞径填满了。填得与漫不经心地铺陈在周边的黄土们一模一样。如果这也是路，那它就是联系父亲与他的子孙们最后的一程。

这路程一断，父亲再也回不到我们身边。

这路程一断，小秦岭就化成了我们的父亲。

天地有无声响，我不在乎，因为父亲已不在乎。

人间有无伤悲，我不在乎，因为父亲已不在乎。

我只在乎，父亲轻轻离去的那一刻，自己有没有放肆，有没有轻浮，有没有无情，有没有乱了方寸。

这是我第一次描写父亲。

请多包涵。就像小时候，

我总是原谅小路中间的那堆牛粪。

这是我第一次描写家乡。

请多包涵。就像小时候，

我总是原谅小路中间的那堆牛粪。

此时此刻，我再次看见那小小身影了。她离我那么近，用眼角都能看得清清楚楚。她是从眼前那棵大松树上飘下来的，在与松果分离的那一瞬间里，她变成一粒小小的种子，凭着风飘洒而下，像我的情思那样，轻轻化入黄土之中。她要去寻找什么，只有她自己清楚。我只晓得，当她再次出现，一定是苍苍翠翠的茂盛新生！

（原载《北京文学》2013 年第 3 期）

07

这样回到母亲河

◎彭学明

一

就那么一针，娘就突然地去了。

娘望着我不舍而无望倒下的情景，成了一幅永远的画面，定格在我的今世与来生。娘倒下时艰难伸出的那只骨瘦如柴的手，那双哀求无助的眼，是画面里最尖锐、最残酷的，深深地钝锉着我的心，让我无处安生。那一针，常常把我从噩梦中打醒。

娘没来得及交代一句话，娘没来得及流一滴泪，娘也没来得及喊一声儿，我就恶狠狠地、硬生生地把娘推进了阎王殿。娘一直不肯去医院，说那是往阎王殿里送；娘到了医院也不肯打针，说那是索命的毒药。在娘的眼里，那针已经不是针了，而是蛇，针头是蛇吐的引信，药水是蛇含的毒液，一旦下去，就会毙命。可我就是不相信，我硬是以我的固执和无知、凶狠和暴戾，逼着娘去医院，就医打针。手无寸铁而又奄奄一息的娘无处转身，更无力反抗，只能眼睁睁地看着儿子把自己一步一步逼近死亡，送上绝路。千辛万苦，万苦千辛，娘在缓缓倒下的那刻，是不是特别地寒心？

我知道，我心疼娘，可我不知道，我为什么要那么愤怒地对待娘？娘不就是固执地不肯上医院吗？我为什么要那么粗暴地把娘逼进医院？我为什么就不和颜悦色地、好好地劝说娘、央求娘、哄哄娘？娘不就是固执地害怕打针、不肯打针吗？我为什么要仇人相见、分外眼红？为什么不能像一只温驯的小绵羊，依偎在娘的床头，轻捏着娘的双手，为娘壮胆、给娘安慰？娘缓缓倒下想抓住儿的手求救时，我为什么还那么气呼呼地、冷酷无情地站在一旁，不把娘从鬼门关里拉回来？娘，就那么讨儿厌烦和记恨吗？

狼再狠，没有我狠。

蛇再毒，没有我毒。

朋友安慰我说：你也是为娘好，你也不会想到娘就这么去了，你是好心办坏事。

我说：不是，一点也不是！一个人，在娘死时，都没有给娘说一句温顺的话，都没有拉娘一把，这个人就不是人，更不是什么好心办坏事！想想看，当含辛茹苦的母亲在临终的一刻一秒都是在儿子愤怒的骂声和吼声中闭眼时，这个儿子有什么理由为自己开脱？这个儿子是好儿子吗？这个儿子会良心安宁吗？

我，就是那个良心不安的儿子。

我完全彻底地把娘弄丢了。

我不知道把娘丢到哪里了。

我不但弄丢了娘的爱和生命、娘的快乐和幸福，更弄丢了娘的历史和未来。我不知道娘从哪里来到哪里去，不知道娘想什么做什么。娘的童年少年，娘的青春爱情，娘的快乐悲伤，娘的内心隐秘，娘所有的人生轨迹和生命历程，我都不知道。我只知道娘的老家在湘西花垣县下寨河，只知道娘十来岁时，嘎公（外公）被国民党抓壮丁走了，一去不知生死，杳无音信。嘎婆（外婆）带着娘和舅舅、大姨逃难到了保靖县水银乡的梁家寨，嫁给了一梁姓人家。舅舅改姓梁。娘和大姨还是跟着嘎公姓吴。娘的大名吴桂英，小名吴二妹。

其余，就是空白。

娘在娘那个家族里，只是一个过客，匆匆一过，就没人再会想起或无从想起。也许娘的老家也在某个时候、某个场景想起过那个叫作吴二妹的小姑娘，但岁月沉重而艰辛的风沙，把娘的身影彻底湮没了，老家找不到娘的一点踪迹。在我的记忆里，娘也一直没回过娘家。也许，娘的娘家什么都没有了。娘注定了一辈子都被家族忽略，被儿女忽略，被世人忽略。

娘曾经问过我一句话：世界上什么最蠢？

我讲：不晓得。

娘笑：牛。

我讲：哪门（怎么）是牛？

娘讲：因为牛找不到回家的路。一个人要是连回家的路都找不到，肯定最蠢。

的确，牛不像狗和鸡一样走了千里还能回家。所以，我们湘西人讲一个人蠢或傻时，常拿牛来比喻：淜（蠢）得像牛。

娘就是一个乡村哲人。

而我明白得太晚。

在张家界工作时，我有一次不知想到了什么，突然心血来潮，问娘想不想回花垣县下寨河看看，要是想，我抽空带娘去。

听我要带娘回去寻亲，娘的两眼一直发着极为明亮耀眼的光。是我从没见过的光。是极度的喜悦、幸福和兴奋点燃的。是从娘的心里迸发的。所以如此明亮和耀眼。

娘兴奋地将信将疑地问：真的？你会带我去？

我讲：会。有时间就带你去。

曾经，娘贫穷、流浪和挣扎了一辈子，没有时间，也没有脸面回娘家看看。现在一切好了，娘又老了，走不动了。所以，当我主动提出要带娘去娘的出生地看看时，娘脸上的光泽一直闪亮。

娘的心，一定跟娘的童年一道，奔走在寻亲的路上了。

遗憾的是，我整天东奔西颠，并没有兑现对娘的诺言。我只是给娘开了一张空头支票，让娘空欢喜一场。

当娘有次怯生生地提起此事时，我还不耐烦地指责：你没看到我忙得死去活来，哪有闲工夫带你去寻什么亲！

我有生以来，好不容易给娘点了一盏希望的灯，却又出尔反尔地把灯灭了。

娘在黑暗的等待里，除了黑暗，还是黑暗。无边的黑暗里，我是那个把娘推向更为黑暗的罪人。

我得赎罪、还债。即便无法戴罪立功，也得以戴罪之身，赎戴罪之心。

我把娘弄丢了。我得把娘找回来。

我把心弄坏了。我得把心补完整。

二

2012 年 1 月 16 日，我终于下决心踏上了到娘的老家寻亲、寻根的路。这是一条我年近五十时才明白该要踏上的路。那是娘的血脉、我的根筋。我必须认清。

我要弄清楚我是怎样从娘那儿来的，娘是怎样从嘎婆那里来的，娘是谁的谁，我是谁的谁。任何人都不只是从母亲子宫里钻出来那么简单。娘的来龙去脉，娘的前世和今生，是我认清自己的最好胎记。

我把舅舅舅娘从梁家寨接来，带着舅舅舅娘从保靖县出发，前去花垣县，找娘。

花垣县是湘西土家族苗族自治州一个典型的苗族县，县里80％的人口是苗族。这个县最荣耀的两件事，一件是曾任中华人民共和国总理的朱镕基是在这里读书毕业的，朱总理来湘西寻根时，特地来花垣县拜望了母校，把花垣县真切地称为故乡。他对花垣县的一往情深，是花垣县人最骄傲的资本。另一件事是一代文坛巨匠沈从文的《边城》，就是以花垣县茶峒为背景的，翠翠和二老的故事，成了花垣县人最美好的记忆。

一路上都是晶莹剔透的雪。我多次写到过湘西的雪。我还是百写不厌。湘西的雪是没有污染的雪，远比北京的雪白、纯和亮。湘西落雪就是落雪，不会落其他的什么。而北京落雪的同时，还落漫无天际的工业废气、漫无天际的沙尘和漫无天际的雾霾，能有我湘西的雪白、纯和亮吗？

雪，使湘西大地更为宁静，空山鸟语，狗吠鸡鸣，都似乎雪藏了，我们只听得到雪的呼吸声。雪的呼吸，冷冽入肺，清新刺鼻，让人神清气爽。随着山势的起伏，茫茫雪原，就有了无尽温柔奇崛的雪线。那是雪的画框。画框里，是披着雪绒的树，盖着雪被的屋，和穿着雪袄的草垛。

舅舅舅娘给我讲了一路娘的故事，我流了一路心酸的泪。

舅舅讲：他们这辈人身世就很复杂，家庭很特殊。嘎婆一共生了4个孩子，我大舅、大姨、娘和舅。大姨、娘和舅是同娘同佬（爹），但与大舅是同娘不同佬。大舅的爹死后，嘎婆带着大舅改嫁到下寨河，嫁给嘎公，生下了大姨、娘和舅。嘎公被抓壮丁杳无音信后，嘎婆又带着大舅、大姨、娘和舅改嫁到了梁家寨，没有生养。

舅舅知道的，就这点，其他的舅舅也不知道了。

我问舅舅：你多久没有回花垣了？

舅舅讲：我小时候去花垣县拜过几回年，也跟你大舅到花垣躲过国民党抓壮丁。1952年你嘎婆去世后，就没有再回过花垣了。

60年了，一切早已物是人非。不知哪些还会让时间留住？

我问舅舅：你记得嘎公嘎婆的名字吗？

舅舅讲：我那时都由大人抱到手上的，两尺大，不晓得话，你嘎公嘎婆的名字不记得，只晓得嘎公叫吴老大，嘎婆叫杨二妹。

我的心，一下子像眼前的雪一样，结成了冰。舅舅怎么会连自己爹娘的名字都不知道呢？这怎么找啊？我一直以为娘只有舅和大姨三兄妹，居然还有一个大舅！同娘不同爹的大舅！娘的命运跟我何其相似！

我急切地问：舅，你记得大舅的名字吗？

舅讲：那怎么记不得，一起长大的。大舅喊姚老贝。

我问：大舅的老家你记得不？

舅讲：记得，老后坪。

那我们先去老后坪。我对舅舅舅娘讲。

舅舅舅娘讲：好。

老后坪的路，不怎么好走。车子在坑坑洼洼的路上颠簸了一阵后，不能走了，我们只能下车，步行。路面的雪开始化了，山路尽是泥泞。这条陌生而难走的路，居然让我有一种熟悉和亲切的感觉。一种胞衣和血脉相连的感觉从脚下滋生出来，直抵心上。踏实、亲切、轻快。我分明看见了娘和舅舅走过的脚印，看到了娘和舅舅的身影。

真是老天有眼，我们在村口碰见的第一个人就是大舅姚老贝的远房亲戚，叫姚本三。大舅跟他爷爷是弟兄。他叫大舅为贝爷爷。他才 30 多岁，只知道大舅名字，没见过大舅本人。于是，他热情地把我们带到了他婶娘家。他叔叔已经去世，只有婶娘在家。

他婶娘 80 来岁了，耳聪目明，精神好得很。见我们是去寻亲的，也格外热情，把在家的老人都叫来，一起回忆。按辈分，我得叫她表嫂。因为，她丈夫该是大舅的亲侄子。表嫂的快人快语，看得出表嫂当年的泼辣、干练、雷厉风行。

一堆熊熊的大火，一群热情好客的乡亲，都无法温暖我心中的凄凉和寒冷。我的心，像一层覆盖在老后坪的雪，怎么烤都烤不热，即便烤后融成了水，还是冰冷的——来得太晚了，没有人记得大舅的模样和故事，更没有人记得娘和舅舅的模样和故事。跟大舅和娘差不多年纪的都去世了。好不容易找到一个跟大舅和娘年纪差不多的老人，却整个都糊涂了。他们知道有这么一个叫姚老贝的大舅，知道他很早就跟着他娘，也就是跟着我的嘎婆去了保靖，却不知道大舅更多的什么。

老后坪人讲：都 60 年了，你们才来寻亲，怎么不早来啊？

我的泪一下子出来了，我哽咽着讲：才睡醒啊！要是早睡醒了，就不会这样了，后悔啊！

老后坪人赶忙安慰：来了就好，仁义！

幸好，舅舅发现了他曾经住过的那栋小木屋。那是一栋小厢房，有些歪斜，却依然挺立。显然，厢房已经没有住人了，杂乱地堆满了柴和杂物。正房虽然有人住，也是人去楼空。都外出打工了，寨子上见不到一个年轻人。尽管已是年关，年轻人都还在风尘仆仆往回赶的路上。我们见到的姚本三是最早赶回来的人。

见到这个厢房，舅舅的记忆也慢慢复活起来。舅舅讲，这是大舅妹妹妹夫的房子。大舅的这个妹妹，跟大舅是同爹不同娘，跟舅和娘没有任何血缘关系。舅舅曾经几次跟大舅一起来到这里躲国民党抓壮丁。一躲就是几个月。躲壮丁时，大舅就会带着舅舅上贵州、四川挑盐。挑回老后坪后，到花垣县城里去卖。有一次碰上了抢犯，盐被抢走了，大舅被打得遍体鳞伤，是舅舅把大舅背回来的。

被抢了几次后，大舅伤了心，觉得那个社会弱肉强食，不拿枪不行，于是也跟着人上了山，学着抢。可大舅点子斜，第一次抢，就抢了国民党县长的家当，被国民政府抓住后，劳改了一年。刑满释放，觉得无脸见人，在路上就上吊了。

舅舅讲：大舅命苦，一生四处漂泊，没有生养，无后无代。但大舅心地善良，得来的钱米都舍不得自己用，全部给了嘎婆。

老后坪人讲，大舅的父亲，也就是我的姚姓嘎公是在一次偶然的事故中死的。姚嘎公五兄弟在十里八村赫赫有名。赫赫有名的不是他们的名字，而是他们五兄弟中有四兄弟在取红苕时同时死亡。他们不知道苕洞捂得太久，里面全是沼气，一个个都是沼气中毒死的。我的姚姓嘎公也是在下苕洞去拉他兄弟时，沼气中毒死的。

红苕就是红薯。苕洞就是装红薯的洞。湘西人把红薯从地里收回家后，会在房前或屋后挖一个很大的洞，把红薯放进洞里，盖紧，捂严，保鲜。谁也不会想到，用了祖祖辈辈的苕洞，居然变成了大舅他爹，也就是我姚姓嘎公四兄弟的索命殿和阎王洞。哭瞎了眼睛的嘎婆在老后坪硬挺了一段日子后，带着大舅改嫁到了下寨河，嫁给了我亲嘎公吴老大，生下了大姨、娘和舅舅。

我给大舅家那边的远房亲戚每人送了 2 瓶茅台和 1000 块钱，算是代替娘走了一次大半个世纪都没有走过的亲戚。没进老后坪时，我以为娘和舅舅一样在老后坪待过，到了老后坪，我才知道，这些亲戚，娘都没见过，更别讲走过。这些亲戚除了知道大舅外，也不知道还有娘和舅舅这样的亲戚。岁月走得太快，日子过得太难，即便很近的亲戚亲情，都会变得远隔千山万水、互不相认。当人心和人性也变得冷漠时，即便只隔着一层肚皮，亲戚也不是亲戚，亲情也不是亲情。娘虽然一生都在挣扎和流浪，可娘的心中一直都给亲戚、亲情留有一把椅子、一个座位；娘的梦里，一直都在亲戚、亲情那里匆匆赶路，等待落座。娘曾经无数次想过寻找，想要越过这千山万水，拥抱亲戚，体味亲情，可，娘最终因为贫穷流浪，因为年老体衰，因为我的粗心大意和冷漠而未能如愿。

我是代替娘来还愿的！

我想，娘要是知道我在寻找自己的血脉、走访娘家亲戚的话，娘一定会高兴得老泪纵横。要是有金山银山，娘都会全部送给这些亲戚。

可是，我很明白，老后坪还不是娘的根和我的根。下寨河，才是娘的根和我的根。我还得到下寨河去。

下寨河才是娘的母亲河。

三

当我第二次踏进花垣县寻根时，已经是 2012 年的 4 月 2 日。湘西到处都是明媚的春天。

湘西的春天里有嫩绿的叶芽和烂漫的山花。湘西的每一座青山都被新嫩的春光翻晒成嫩绿的叶芽，对着蓝天，竞相绽放。苍茫的绿意，滚烫的翠色，缠绵的诗情，都像黄鹂柔情蜜意的舌尖，一枚一芽，轻盈弹唱。一山一山的白梨花被弹开了。一岭一岭的红桃花被弹开了。一坡一坡的黄油菜花被弹开了。还有一树一树不知名的各种野山花也被弹开了。岁月的颜色。大地的锦缎。自然的杰作。白的素净，红的羞涩，黄的华丽，紫的矜持。而绿，永远是湘西最柔美的表情和笑容，光鲜鲜的，亮闪闪的，洗尽铅华，绝代风情。

下寨河在花垣县窝勺乡。到了下寨河，我才知道，下寨河既是一个村子，也是一条河流。寨子挺大，共有 11 个生产小组，1200 多人，多是吴姓人家。听说下寨河三组还有一个 95 岁的老人耳聪目明，且能够下地劳动，我便带着舅舅舅娘直奔这位老人家。

看到这位老人时，老人正在地里挖地种苞谷。太阳正高，暖暖的太阳照得万山明媚、万物葱茏。老人叫吴代三，四世同堂。本可安享天伦，却田里地里忙个不停。村人讲，老人犁田种地砍柴挑水，样样能干，完全不像一个快是百岁的老人。湘西男人顽强和雄强的生命力，在老人身上得到了最好的见证。湘西男人为儿女活一天就辛苦一天的秉性，在老人身上也得到了最好的印证。

遗憾的是，老人对舅舅家的一切，一点都不知道。舅舅幼年断层的记忆，没有办法让一个95岁的老人帮着接起这个断层。这是一个太大太长的断层。每一线时间的窄缝里都看不到舅舅和娘这个家族的踪影。

我们只好告别下寨河，再去舅舅幼年记忆库里残存的灯笼坪。舅舅讲，他小时候在灯笼坪给他的舅舅拜过年，灯笼坪也许有我舅舅的老表活着。舅舅的老表们也许可以提供一些关于嘎公嘎婆的历史碎片。找到嘎公嘎婆的历史，就可以找到娘和舅舅的历史。可是，到了灯笼坪，五六个热情的老人无论怎么讨论回忆，都回忆不起这个寨子有一个叫吴老大的人被抓了壮丁，记不起吴老大娶了一个叫杨二妹的女人为妻，因为这个寨子根本没有吴姓人家，全姓彭。几个老人热烈讨论和回忆时，全是苗话。我这个苗族和土家族共同哺育出的后代，根本听不懂一个字，恍若隔世。就像我与娘的历史恍若隔世一样。

怆然而归的途中，舅舅突然看到了他熟悉的一个村子。一看到这个村子，舅舅就兴奋地讲，他当年就在这村子四周玩耍。舅舅讲，这就是他舅舅的村子。也许物是人非，也许是行政建制变更，这个村子不是舅舅记忆中的灯笼坪，而是一个叫窝巴的村子。在窝巴，舅舅的叙述终于和村人的叙述有了交错和重叠：舅舅的舅舅是篾匠，靠织篾篓和背篓为生；舅舅的舅娘信佛吃斋，从不吃肉。舅舅的舅舅一共有 15 个孩子，最后只剩下一个女儿。女儿出嫁后，舅舅的舅舅、舅娘就跟随女儿住到女儿家了。这个女儿就是我舅舅和娘的表妹，是我舅舅和娘在娘家唯一的血亲。舅舅兴奋的表情里，有了一抹难以控制的泪。尽管舅舅根本不知道有这样一个表妹。

窝巴人讲，舅舅的表妹叫杨秀花，表妹夫叫石老祥，住窝勺村。早就有人去通知杨秀花夫妇了。两口子放下春耕的农活，在村口迎接。他们做梦也不会想到，几十年后会从天而降一个表哥。这份天赐的亲情，他们得远远地迎接。

家里只剩下杨秀花两口子和一个两岁的孙子，两个孩子都打工去了。空巢家庭，在农村比比皆是。杨秀花告诉我们，小时候，她是多么渴望亲情，曾经多次问过她爹娘，为什么人家都有亲戚可走她就没有？如今突然有亲戚来寻亲，她很感慨和激动。她小时候只知道有两个娘娘，大娘在花垣县三角岩，二娘在保靖县，却都从来没有见过。娘娘即姑姑，苗语。她讲的二娘就是我的嘎婆杨二妹。她对我嘎婆的历史也一无所知。

也难怪，我嘎婆在 1952 年去世后，娘和舅舅就再也没来给杨家舅舅拜过年。而杨秀花 1958 年才出生，所以，杨秀花没见过舅舅，舅舅也没见过杨秀花，双方都不知道还有这样的亲戚。从没见我嘎公嘎婆，也不知道还有这样一门亲戚的杨秀花，当然就对我嘎公嘎婆的历史一无所知。满怀信心想得到的线索，到此全部中断，再无头绪。

几次寻找，我找到了嘎公嘎婆的小名，却没找到嘎公嘎婆的大名；找到了一个姚姓大舅和大舅的出生地，却没有找到娘和舅舅的出生地。嘎婆是窝巴的，那嘎公是哪里的？到底是下寨河还是灯笼坪？抑或另外一个村子？嘎公到底是哪一年被国民党抓壮丁走的？抓走后回来过没有？是死在国共携手抗日的战场上还是国共较量的内战中？或者，嘎公根本没有战死在疆场，而是告老还乡老死老家，甚至当了共产党或国民党的将军，在另外一个地方安家？甚至是不是国民党大溃退时，跟着到了台湾？九泉下的嘎公在哪里呢？嘎公的九泉在哪里呢？找不到嘎公是哪里的，就找不到嘎婆离开老后坪后、改嫁到梁家寨前嫁到了哪里。那么，也就找不到嘎婆在哪里生下了大姨、娘和舅舅。找不到娘的出生地，就找不到我的根！

我最终没有找到我的根，那条与我和娘紧密相连的根。

每一个人的世界都是有根的世界。每一个人的生命都是有根的生命。在这个有根的世界和有根的生命里，我成了一个有根却找不到根的人。从未见过的爹，我都知道是保靖县复兴镇熬溪村的，养育了我一生的娘，我却不知道到底是哪里的，我的心里一阵阵心酸、悲凉和后悔。我用我的笔给世界讲了那么多的话，却居然不愿意在娘的有生之年跟娘多讲一句话。我用我的心跟世人诉说了那么多真相，却居然不愿意听娘讲一句真心话。我用我的爱给世间那么多关爱，却居然对娘是哪里的都漠不关心。那么多的日月，那么长的岁月，我只要问一句娘在哪里出生或早点带娘回乡省亲，我就不会连娘的出生地都找不到，不会连嘎公嘎婆的姓名也找不到。当很多人的历史可以上溯到几十几代时，我的历史到爹娘一代就模糊不清，连根断掉了。我把娘弄丢了，也把自己弄丢了。我找不到娘了，也找不到自己了！

我，悔！

四

千万里，我从北京追寻到湘西，只为找娘，只为赎罪，只为找到自己的根。可失败了，绝望了，也只好终止了。虽然，我一千个不甘心，一万个不甘心，可不甘心有什么用呢？自己的罪孽得自己承受。

我的几次寻找，虽然没有找到娘的出生地，我找娘的故事，却经过媒体的报道后，在三湘大地产生了不小的反响，读者及家乡父老，开始了接力寻找。他们说，这样的娘应该有安放灵魂的地方，这个迷途知返的儿子，也应该有个改过的机会、赎罪的机会，不然儿子的心不得安宁，娘的心也不会放下。

我母校吉首大学的师生们组织了 40 多位志愿者，开着两辆大巴，沿着我书中提到的下寨河这条河流，一个村庄一个村庄地寻找。我出生的家乡保靖县委宣传部、统战部的部长也带着我的舅舅舅娘和一批保靖县的读者去那个叫下寨河的村庄求证和寻找。那些在外地工作和读书的湘西人，也发网帖帮着寻找。花垣县的读者，更是为娘牵肠挂肚，他们就在娘的家乡，他们离娘最近，他们是娘的娘家人。所以，他们不想让娘在花垣县失踪或迷路，他们要让娘真真切切地回到家。他们是找娘最执着的人。一批一批地，他们先后来到下寨河，来到下寨河沿岸的村庄，寻找，寻找，再寻找。龙宁英、梁中金、石明照、谢成都、谢军、林成金、龙光平、吴玉华、龙科等，认识的，不认识的，我可以列出一长串名字。尽管也没有找到，但他们的先后寻找，风一样吹遍了下寨河。整个下寨河的乡亲们，都知道有个作家彭学明在找娘，彭学明的娘好像就是下寨河的。

因此，下寨河的乡亲们，也开始了寻找。

正因为有了下寨河乡亲的寻找，才有了我的那位从未谋面的表哥吴家海苦苦寻找的故事。

表哥吴家海是下寨河村桐油寨人。两个儿子，一个女儿，女儿很争气，考上了省城长沙的一所大学，他就长年在长沙打工，一边赚钱一边照顾女儿。2012 年 5 月回家时，他第一次从爱人口中听说了我们寻亲的故事。当听到寻亲的人是保靖县水银乡人时，他心里咯噔一下，想：是不是我家亲戚呢？因为，他从小就听他父亲说过，他父亲的伯父被抓壮丁走后，父亲的伯母带着几个孩子逃荒要饭到保靖县，后落户到保靖县水银了。但是，却阴差阳错，再也没有见面和走动过。于是，他连夜跟父亲旧话重提，让父亲再次回忆隔了半个多世纪的陈年往事。一聊，就到了凌晨 3 点多。他记了密密麻麻半个本子。

他不再下长沙打工，而是留在家里，希望等到再去寻亲的人。

而绝望中的我没有再去。绝望中的舅舅舅娘也没有再去。因为，我们以为再也不可能找到了。我们不知道还会有吴家海的父亲是活着的见证者，更不知道吴家海也在苦苦寻找。

偶然中的必然，转机在一个理发店出现了。

那时，已经是 2013 年的 2 月初，是中国农历 2012 年的腊月底。乡下人已经开始杀猪宰羊，置办年货，准备过年了。城里人也张灯结彩，到处是年的气息和欢乐。吴家海到花垣县城，置办点年货，理理发，好热热闹闹地过年。当他踏进理发店，跟理发员闲聊时得知，理发店老板的母亲居然跟我舅舅是一个寨子上的！这真是踏破铁鞋无觅处，得来全不费功夫，狂喜像闪电和雷霆，让他激动得流出一串泪来。远去的历史，往往就是这样，在不经意时，会戏剧性地拐过弯来，把断层接上，与现实相逢。

吴家海迫不及待地见到了店老板的母亲，给店老板的母亲讲了自己有亲戚在水银的有关情况。店老板的母亲觉得吴家海说的跟我舅舅家的情况有点相似，就给我舅舅打了电话，然后有了舅舅跟吴家海父亲——也就是我堂舅的历史性会面。

这个理发店，无意中成了我找到生命之根的福地。

理完发，吴家海一刻也不敢耽误，连夜跟他哥哥一道带着堂舅亲自去水银梁家寨村见我舅舅。当90岁的堂舅老泪纵横地跟我舅舅舅娘讲述嘎公嘎婆的历史，讲述娘、姨、舅舅和姚姓大舅时，舅舅和舅娘也一直泣不成声，而当堂舅讲出舅舅的另外一个名字"吴仕清"时，78岁的舅舅再也控制不住自己，抱住堂舅放声大哭！舅舅喊：哥啊！我就是吴仕清啊！我总算找到你们了啊！

两个隔离了将近80年的老人，穿过隔世的风雨，在漆黑的夜晚，放声痛哭！

当舅舅在电话里把这个喜讯告诉我时,我一下子就哽咽无声,任暴雨般的泪水,挂满两腮。放下电话,我像受了多年委屈的孩子,失声痛哭。娘啊,我总算做对一件事,总算找到您的出生地,找到了我的根!

感谢老天,还让我的堂舅如此健康地活着,才使我有了机会找到娘的家园,找到我的生命之根。

感谢娘,至死还深爱着自己的孩子,还引领着孩子找到了回家的路。

一直以为当年嘎婆是改嫁到保靖县水银乡梁家寨的。其实不是,吴家海的父亲,也就是我的堂舅的讲述,让我清晰地明白了娘的家族地图,看见了我的生命来路。

堂舅叫吴仕银,90岁了,属鼠,跟娘同岁,小娘半岁。堂舅说,我嘎公有三弟兄,个个高高大大,我嘎公是老大,他父亲是老二。堂舅叫我嘎公为大伯,嘎婆为大伯娘。嘎公三弟兄都给地主做长工。嘎公跟嘎婆结婚时,从老后坪带了个随娘儿,也就是汉族人所说的拖油瓶,叫姚老贝。嘎公跟嘎婆又生养了三个儿女,我娘,大姨,还有舅舅。嘎公被抓壮丁时,嘎公的父母四处借钱,想把嘎公赎回来。却最终没有借到而眼睁睁看着嘎公被国民党用铁丝绑着大拇指，与其他人穿成一串抓走了（这与娘给我讲述的用铁丝绑着大拇指这个细节完全吻合）。嘎公被抓走后，曾经来过一封信，说那里特别冷，要嘎公的父母及我嘎婆给他寄两双布鞋和两套衣服。堂舅估计我嘎公是被抓到了北方，在北方打仗，不然不会那么冷。一屋人都给地主当长工，哪里来钱给嘎公置办衣服和鞋子，嘎公的要求就成了泡影。嘎公也就此杳无音信。堂舅说，肯定是战死沙场，为国捐躯了，只可惜死在哪里死在何时都不晓得。嘎公被抓走，地主嫌嘎婆一个人带着4个孩子，吃得做不得，就不要嘎婆在地主家做长工了。养不活孩子的嘎婆，只好带着4个孩子逃荒讨米，就此再也没有回来过。也不知道是生是死。

上世纪80年代初，下寨河一个叫吴孟虎的老师到保靖县葫芦乡赶集做生意，路过水银乡。天黑了，不敢再一个人赶夜路，就敲开了水银乡一户陌生人家的门，讨歇处。这户人家的主人半夜起床给吴孟虎煮了一鼎罐饭，还打了几个鸡蛋，收留吴孟虎住了一晚。第二天还盛情地给吴孟虎杀了一只鸡，挽留吴孟虎多住几天。吴孟虎要赶回去给学生们上课，就没有多留。但吴孟虎却给堂舅带回了一个惊人的消息，这个收留吴孟虎住了一个晚上的人也是花垣县下寨河人，而且是堂舅家的堂姐。这人听说吴孟虎是下寨河人时，哭了，向吴孟虎打听堂舅家的情况。堂舅这才知道他当年从家里逃荒讨米出去的大伯娘一家落户到了水银。

这个收留吴孟虎住了一晚的人就是我娘！

吴孟虎借歇的就是我家！

可惜这个名叫吴孟虎的人也早已作古，要不堂舅跟舅舅会见面更早。

堂舅对舅舅说：是老天有眼，是我们的二姐——学明的娘在天堂保佑我们相见！要不是二姐仁义、心好，收留吴孟虎住一晚，我们也就永远不会知道你们的下落，我们就断了这唯一的一条线索。

人间真是有太多的机缘巧合，有很多命中注定无法改变的东西，但无论是机缘巧合，还是命中注定，都不是无缘无故、空穴来风，无论怎样的变数和定数，都是前世今生积下的，或积的善，或积的德，或积的恶，从而种瓜得瓜，种豆得豆，善有善报，恶有恶报。娘一生的善、一生的德和一生的爱，就证明了这条千古不变的训示和定律。没有娘一生做人的善良与品德，就没有我们今生幸福喜悦的相逢。

五

找到了娘的出生地，我心里并没有如释重负。我现在做得再好，都换不回娘的生命，都无济于事。我都不能将功补过，不能恕罪赎罪。但不能因为换不回娘的生命，我就不去将功补过，不去做我还能做的事，不能因为对娘对我无济于事，就不去以心赎罪、做我该做的事。人生就是一杆秤，只要秤砣压上，就有重量，就得负重，就得过秤。我便一寸一寸地数着时光，等待着带娘回家的那天。

我带了5张娘的画像，然后把娘的画像一一过上塑，装上框。我想回去时，给兄弟姐妹一人一张。我不能光让娘保佑我一人，还要让娘保佑所有亲人。我不能光让我一个人想娘时能够看到娘，还要让我的兄弟姐妹们想娘时也能够看到娘。

娘的画像惟妙惟肖，生动传神，跟活着的娘一样。娘的表情是那么慈祥而安宁，娘的眼神是那么坚毅而淡定，娘就那么平和地坐着，看着这个世界和儿女们。给娘画像的画家叫胡晓曦，是徐悲鸿学院毕业的，知识产权出版社的美编。这个二十几岁的年轻人说，她不是用笔画出来的，而是用心描出来的，是画笔经过灵魂的洗礼后用情一点一滴地绣出来的。

2013 年的 4 月 2 日，我带着娘的遗像和遗愿，带着儿子一生都无法弥补的遗恨和遗憾，回到了下寨河。

有生以来，我第一次陪娘回家。

下寨河的乡亲们，一个月前就开始准备迎接娘和我们这些儿女了。他们怕路高低不平，摔着了娘，把路重新铺上了沙子和水泥。他们怕房子太老太旧，娘住不习惯，把房子重新整修和上了桐油。他们杀猪宰羊。他们杀鸡破鸭。他们把一个寨子最好的东西，都全部拿了出来，招待娘和娘的儿女们。

快进家门时，吴家海兄弟把娘的画像从我手中接过，领娘进门。他们是娘最亲的晚辈、最亲的亲人，他们以最隆重的礼仪烧香、奠酒、祈祷，把娘放到神龛，与祖先一道供奉。娘是这个世界上保佑所有亲人的神！

仁慈的巴代雄（苗族祭祖的巫师）用苗语为娘唱起了古老的苗歌：

顺水漂，随水流，落叶漂到山外头，背井离乡儿女苦，无年无月无盼头。

　　星子起，星子落，星子落到下寨河，爹娘盼崽崽没回，眼泪泡饭魂打落。

　　这首歌，让堂舅和舅舅再一次想起了过往凄苦的岁月。堂舅指着门前的一丘水田和一块空地对我说，那一片过去都是大地主的田土，我爹我娘，还有你嘎公嘎婆都一无所有，都给地主打长工。你嘎公在他们几弟兄里是老大，既要养你娘你舅舅他们，又要照顾兄弟姐妹和老人。你嘎公嘎婆就是在那丘田里搭了个茅棚子，成了家，生了你娘、你大姨和你舅舅。后来你嘎公和我爹他们三弟兄，凑齐了8吊钱，把这丘田和地买了下来，新中国成立后交了公。改革开放，田土到户后，你吴家海哥哥又把这丘田和地买了回来。这也是命中注定你娘的根就是我们吴家的，哪个都刨不断、挖不走。

　　堂舅说，你娘那时候就听话、懂事，大人们帮地主干重活，你娘就帮地主扯猪草、砍柴火，地主就会给你娘一碗苞谷糊糊。你娘舍不得吃，端回家，分给你大姨和舅舅吃。你娘那时候个子小小的，但吃得苦，要得强，不怕死，哪个敢欺负你大姨和我们，你娘都会第一个冲上前，跟人家打。可惜的是，你嘎公被抓壮丁后，你娘和舅舅他们就被你嘎婆带着外出逃荒要饭去了。那时候，你娘不到10岁，你舅舅还被抱到手里的，才1岁多点。我们以为，你娘他们都会讨米转回来，没想到，一去就没有转回来了。80年了，外甥，要是你娘活着，我们能够见上一面多好！

说着，堂舅就哭了起来。舅舅舅娘也哭了起来。

堂舅说，不怪你娘，怪我。那回，吴孟虎老师从你娘那里回来后，我晓得你娘他们在水银了，我也没有去找，没去走。因为吴孟虎讲，你们日子过得很穷很苦，我也过得很穷很苦，我帮你几母子送不起二两米，出不起二两力，就连一颗水果糖都买不起。我没有脸去，也没有钱去。人穷面浅，人穷脸红，人穷了，直不起腰，讲不起话。

还有一个更深的原因，堂舅没给我说，但吴家海表哥给我说了，那就是堂舅当年当农会主席和贫协主席时，也因为穷，跟自己的亲弟弟为了一件事反目为仇，伤透了心。堂舅跟吴家海表哥说，各人的亲弟弟都像死对头了，堂姐堂弟又有多少亲情可言、可信？所以，堂舅也一直没去找我娘我舅，没有去找他的这几个堂姐堂弟。

是的，在那样的年代，当政治强硬、生活贫穷、日子艰难时，亲情、友情，还有人情、人性，都会软弱得不堪一击。为了生存，人们想保持那份尊严，却反倒失去了尊严；为了生计，人们想找一条活路，却反倒被逼上了绝路。在贫穷的十字路口，亲情和友情，既可能走拢来，相濡以沫，也可能转过身去，爱莫能助，更可能你争我斗，大打出手。穷，更多的时候是一把杀猪刀，会让人在自卑中有意无意地杀死自尊和亲情。

我跟兄弟姐妹们来到水田边。望着一汪田水，我仿佛看到了嘎公嘎婆用茅草搭的那个工棚，看到了娘和嘎公嘎婆在茅棚子里进进出出的身影。我看见娘光着脚板在田土边扯猪草。看见娘扎着小辫子在森林里砍柴火。看见娘抱着一岁的弟弟在哄着入睡。我甚至听到了娘出生时那声嘹亮的啼哭。面对苍天，我"扑通"一声跪倒在田边，亲吻生养我娘的这块土地，叩拜娘和祖先的在天之灵。我点上香，烧上纸，然后把《娘》书，一页页撕下，烧给娘看。那一个个字，是我的一句句话；那一声声喊，是我的一阵阵痛。娘啊，娘，儿子总算找到回家的路了，找到回乡的根了，儿子终于带您回来了！您安息吧！娘！

在苗家的长桌宴上，下寨河的亲人们又一次唱起了苗歌。我无言以报，只能深深鞠躬，为亲人们演唱了一首《父老乡亲》，我特别喜欢这首歌，有血有肉，有情有义，有温度。

当我唱到第二声"喊我乳名"时，我突然泪雨滂沱，痛哭失声。

曾经，娘是一片嫩嫩的树叶，被命运的狂风暴雨从下寨河刮走，而今，我是一条小小的银鱼，亲情的力量让我往下寨河回游。是娘的土地，娘终究会落叶归根；是娘的孩子，娘终究会深情亲吻。

六

下寨河只是湘西的一条小河，不过 50 公里。从下寨河起步，到清水河交汇，流入酉水，注入沅江。她是一个小个子的苗家女人，却是一个大气大度的苗族母亲。

下寨河成了湘西苗族名副其实的母亲河。下寨河两岸的山，虽然依然陡峭险峻，但一山山连绵起伏的绿色，却把山势铺得温润柔和。尽管铮铮铁骨、傲然挺立有奇峰，依然是江山万里、一派宏阔。水，永远是一匹柔软的绫罗绸缎，依着山势，层叠蜿蜒。那曾经洗去苗族祖先风尘的河，如今是那样的深情款款，一步三回，千回百转；那曾经荡涤敌寇铁血的水，如今是那样的碧绿清澈，妩媚宁静，欢快丰满。风生，水起。雾飘，霓岚。河岸上满山的野花，在波光潋滟中，摇曳，浸洇，成一团团斑斓的流彩。绿色里满山的鸟鸣，跌进瀑布，与瀑布的歌声，联唱，和鸣。一首苗家的女歌，总是箭一样从某个地方射起，刺破青山，冲向天空，行云流水，悠扬动听，那一定是有村落、人家，有炊烟、饭香了。而最美的那个村庄、最香的那粒米饭，就是娘的那个下寨河桐油寨，一个苗语叫"喔吧豆油"的地方。

"喔吧豆油"是苗语，汉译"长满桐油树的寨子"。桐油树是湘西极不起眼的一种树，一张张绿色的阔叶，就像一张张圆圆的大脸盘。花朵也大朵大朵的，小喇叭一样，开得很白，开得很茂，朴素，不香，却是生命的怒放。桐油花的美不在外表，而在花心和花蕊，花心和花蕊里那一笔笔的红、一线线的黄，就像苗女一笔一画描的、一针一线绣的，一束一束，一绺一绺，一抹一抹，浓淡有致，甚是好看，就像下寨河的人。他们就跟这桐油花

117

一样，朴素、普通，极不起眼，却满山怒放。当年，娘、舅舅，还有大姨，像桐油花跟着嘎婆飘落异乡时，娘的记忆里就是这满山的桐油树、满山的桐油花。我抓了一把桐油寨的泥土，又摘了一朵桐油寨的桐花，用桐叶包着，带回了北京的家。我要让娘天天看到故乡的桐油花开，时时闻到故乡泥土的气息，我要让娘的灵魂在故土大地得到安放。我想，只要娘在儿心，这朵桐花就不会败，这片桐叶就不会枯，这抔泥土就不会腐。

回首整个找娘寻根的过程，似乎结局非常圆满。其实，不然。我只是找到了娘的出生地，找到了我生命的根和本，找回了一个儿子对母亲应有的心。娘，却永远在另一个世界，永远找不回来了。我把娘依然彻底弄丢了。我对娘所犯的一次次错、一回回罪，我对娘欠下的种种愧疚，都是不能以一对抵百错的。我认识得再深刻，忏悔得再彻底，救赎得再完美，都不可能让娘重活一次。所以，我只能一辈子活在愧疚中、悔恨里，只能一辈子经受良心的拷问和煎熬。

我希望通过我的寻找，能够让亲朋好友及读者们吸取我的教训，趁着父母健在，好好珍惜父母和亲情。父母和亲情，有时也会像雨或水，说来就来，说走就走，一去不复返的。趁着父母健在，多听听父母的人生故事，多摸摸父母的历史镜像，父母的人生和历史，就是我们的人生和历史，就是我们的根和本。我们的现在，我们的未来，都是父母的人生和历史指明的方向和来路。不了解父母的人生和历史，就是不了解自己的方向和来路，就是没有自己的根和本。

我不知道在这个世界上，在这样的时代里，我们有多少人真正了解自己父母的人生和历史，有多少人愿意了解自己父母的人生和历史，有多少人把了解自己父母的人生和历史当作快乐、当作幸福、当作一个孩子应有的使命。或许，我们更多的人只是领导的唯命是从者却不是父母的聆听者，我们宁愿待在恋人情人身边听恋人情人说一千遍废话假话而不愿意待在父母身边听父母多说一句真话实话。当整个社会和时代都想着权财、孩子和自己时，还有多少人在想着父母和根本？也许，我们太多的人把父母忽略了，把根本忘记了。当我们离生养父母的土地和生养我们的家园越来越远，越来越接不上地气和人气，越来越没有故乡和根本时，我期望在我寻根寻娘的举动里，大家能够吸取我的教训，莫忘根，莫忘本，找到根，找到本。

是时候停下忙碌的脚步，多回父母身边了。

是时候放弃一点点功名利禄，多想想回家的路了。

只要是母亲身上的一滴水，就得回到母亲身旁的母亲河，只有母亲，才会让儿女们的河床永远丰盈，不会干涸。

（原载《人民文学》2014 年第 6 期）

08

母亲往事

◎龚曙光

母亲属鸡，今年本命年。

俗话说：七十三，八十四，阎王不请自己去。按男虚女实的计岁旧制，母亲今年是个坎儿。不过，母亲一辈子生活俭朴，起居规律，身子骨还算硬朗，加上平素行善积德，这个坎儿她迈得过去。

毕竟，母亲是老了。

近几次回家，母亲会盯着我看上好一阵，怯怯地问："你是哪个屋里的？"过后想起来，又歉意地拉起我的手，连连道歉："看我这记性！看我这记性！你是我屋里的呀！"一脸孩童的羞赧半天退不去。

当医生的大妹夫提醒：母亲正在告别记忆！话说得文气，也说得明白。我无法想象一个没有记忆的世界是什么样子，更无法接受母亲会独自走进那个世界。小时候在星空下歇凉，母亲每每一口气背下屈原的《离骚》和《九歌》，母亲的同学都说读书时她记忆力最好，母亲怎么可能失去记忆呢？

妹夫说在医学上目前无法治愈，甚至延缓的方法也不多。我感到一种凉到骨髓的无助和无奈！我不能束手无策，眼睁睁看着母亲走进那个没有记忆光亮的黑洞！我要记下母亲的那些往事，让她一遍一遍阅读，以唤回她逝去的记忆……

一

母亲小姐出身丫鬟命，是个典型的富家穷小姐。

母亲的外婆家很富有。老辈人说澧州城出北门，沃野数十里，当年大多是向家的田土。向家便是母亲的外婆家。湘西北一带，说到富甲一方，安福的蒋家、界岭的向家，在当地有口皆碑。蒋家便是丁玲的老家。后来有考证说，兵败亡命到石门夹山寺的李自成，将家人和财富安置在距夹山几十里外的安福，改姓为蒋。能与当年的蒋家齐名，可见母亲外婆家不只是一般的有钱人家。

　　有一回，聊到《红楼梦》里的大观园，母亲轻描淡写地说：我外婆家有新旧两个园子，每个都有大观园那么大。尽管母亲淡淡的语气不像吹牛，但母亲离开外婆家尚早，孩子对空间的记忆往往会夸大许多。母亲见我怀疑，便说有一年躲日本飞机，国军一个团的官兵及武器粮草，藏在老园子里，日本飞机竟没有找到一个兵。大学时我去了一趟界岭，在母亲描述的老园子前待了许久。园子解放后分给了农民，据说住了一个生产队的人。我去时绝大多数住户已搬走，房屋坍塌得不成样子，只是轮廓还在。前面一口巨大的水塘，呈腰子形横在一座陡峭的山峰前，老园子便建在山水之间一块开阔的平地上。主人在水塘上修了一条路，路上建了一座吊桥，如果将吊桥拉起来，外人除非游泳才可能进到园子。一位靠在断墙边晒太阳的老人告诉我，当年贺龙率兵攻打澧州城，有当地人点水，建议贺龙中途攻打向家园子，顺手牵羊捞些金银粮草回去。据说贺龙一看，园子不好打，怕偷鸡不成反蚀一把米，误了攻打澧州的正事，老园子侥幸躲过一劫。母亲的记忆也好，老人的传说也罢，如今已都不可以确考，不过向家的富甲一方，却是毋庸置疑的。

母亲的母亲嫁到戴家，乡邻公认是明珠暗投。母亲的父亲家姓戴，那时已家道中落，除了一块进士及第的鎏金大匾，当年的尊荣已所剩无几。

母亲的父亲很上进，立志中兴家道，重振门庭，于是投笔从戎。先入黄浦，后进南京陆军大学，在民国纷繁复杂的军阀谱系中，算得上嫡系正统。母亲的父亲身在军旅，平常难得回家，年幼的母亲没和父亲见过几面。

作为向家大小姐的母亲的母亲，似乎并不在意夫君的这份志向，也不抱怨这种聚少离多的生活，更乐意生活在娘家的老园子里。母亲便一年四季待在向家的时候多，住在戴家的日子少。

记忆中母亲的舅舅很多，有在外念洋书并出洋留学的，也有在当地任县党部官员的，还有在家什么都不做，成天酗酒烧烟、纳妾收小的。舅舅们各忙各的，没人关注这个寄居向家的外甥女，甚至对这位嫁出门的妹妹亦有一种不可思议的冷漠。婶娘们更是你一言我一语冷嘲热讽，虽有外婆疼爱，母亲和母亲的母亲都有一种寄人篱下的尴尬和郁闷。没多久，母亲三四岁时，母亲的母亲抑郁而死，将母亲孤零零地扔在了向家。

谈及母亲的母亲的死因，一位婶娘隐约告诉母亲，说母亲不是戴家的骨肉。言下之意是向家大小姐另有所爱，而且与戴家公子是奉子成婚。那时母亲尚小，并不明白这事意味着什么，对她的命运会有什么影响，只当是婶娘们惯常的饶舌。懂事后母亲想起向家的这则飞短流长，又觉得将信将疑，因为母亲对婆家的冷淡，父亲对母亲的疏远，除了家世和个性的原因外，似乎另有隐情。多年后母亲和我说起，我倒觉得以向家当年的家世与家风，大小姐以爱情抵抗婚约，做出点红杏出墙的壮举，似乎也在情理中。

这件事的后果是苦了母亲。母亲的父亲不久便续弦再娶。有了上次迎娶富家千金的教训，这次娶了一位贫寒人家的女儿，并很快生下一男一女。在这个新组建的家庭里，母亲成了外人。母亲的父亲依然在外戎马倥偬，继母带着三个孩子在家。即使继母不是生性刻薄，母亲在家也要带弟妹、洗尿片、打猪草……

母亲的外婆去世后，母亲成了真正的孤儿。在富有的向家和败落的戴家，母亲都是无人疼爱的无娘崽！就在外婆死去的那一刻，"家"便在母亲的情感世界中彻底坍塌了。

二

母亲辍学在家，一边细心照料弟妹、侍奉继母，一边热切地盼望军旅在外的父亲回来，她相信在外做官的父亲，一定会支持自己返校读书的想法。

母亲住在向家时，已经发蒙读书。起先是在私塾，之后是在新式学校。新校是母亲的三舅创办的。国立湖南大学毕业后，三舅原打算留学欧洲，适逢二战爆发，欧洲一片战火，只好回到老家。三舅不愿像其他舅舅那般花天酒地醉生梦死，便拿出自己名下的家产办了一所新式学校，一方面想用新式教育培养向家子弟，以使其免蹈父辈覆辙，一方面收教乡邻学童，也算报效桑梓。开学那天，三舅将母亲从昏暗的私塾里拉出来，带进敞亮的新式教室，开启了母亲的学校生活，也由此奠定了母亲对三舅的好感。在母亲数十年的人生里，三舅是唯一一个母亲在心里敬重和感激的向家人。母亲的外婆去世后，母亲回到戴家，没能再返学校。其间三舅到过一次戴家，希望将母亲带回学校。母亲的继母一面客客气气地招呼客人，一面将弟妹打得大呼小叫，一会儿喊母亲换尿布，一会儿呼母亲剁猪草，忙得母亲团团转。三舅的话没说出口，便被戴家那忙乱的场面堵回去了。

母亲指望在外从军为官的父亲回来，相信父亲一定会同意她返校读书。她虽然不知道父亲在外当多大的官，但父亲曾就读黄埔，而黄埔在母亲那辈青少年心中，是一个神圣的殿堂。然而就是这位黄埔毕业的学生，彻底摧毁了母亲的读书梦想。"一个丫头读那么多书做什么？就在家里好好带弟妹，过两年找个人嫁了！"父亲的每一个字都像一块冰，将母亲滚烫的心，冻成了一块冰疙瘩，之后几十年也没有化开。不再读书也罢了，还要草草地嫁出去，十三四岁的母亲忽然醒悟，她真不是戴家的骨血。

母亲一声没吭，却止不住泪水决了堤一般往下流。半夜，母亲跑到生母的坟头，撕心裂肺地大哭，哭到不能再流出一滴眼泪，不再发出一丝声音……下弦月牙从絮状的云层中露出来，清冷地照着杂草蓬乱的坟头，远近的松涛呜呜地吼着，像波涛也像鬼叫。母亲蜷缩在坟头，那么弱小，那么孤单，孤单得像夜风中飘飘荡荡的一根游丝，黑压压的树林里一明一暗的一点萤火，无所寄寓，无所依傍，只有茫茫苍苍的天地任其漂流！

从败草丛生的坟头出发，母亲星夜兼程去了澧州城。先考上了澧县简师，后来又考上了桃源师范学校。从此，母亲作别了繁华的向家和败落的戴家，再也没有返回，甚至没有遥遥地回望一眼。

三

在近代，无论在湖湘教育史，还是革命史上，桃源师范都是一所名校。民国总理熊希龄曾在该校主持教务，武昌首义将军蒋翊武、民国政治领袖宋教仁、著名文学家丁玲等，都曾就读于此。母亲能考入桃师读书，算是圆了梦想。对于母亲而言，桃师不仅是学习的新起点，更是精神朝圣的起点，是摆脱封建家庭奔向新制度、献身新时代的起点。刚迎来解放的桃师，人人热情洋溢，处处生机盎然，在人生暗影中待久了的母亲，第一次感到"解放区的天是明朗的天"的敞亮心情，接下来的校园生活，大抵也是母亲一生中最自由舒展的日子。

一九七八年我考上湖南师院后，母亲嘱咐我去拜访在该校工作的几位伯伯叔叔，那是母亲在桃师时的同学。听说我是戴洁松的儿子，他们一个个奔走相告，仿佛见了久违的亲人。在后来长达四年的时间里，我一次又一次听伯伯叔叔们说起桃师求学时的掌故，主题都是当年的母亲。后来他们之间有了走动，每回聚会，我都能从伯伯叔叔们已不清澈的眼神中，看到母亲学生时代如花如朵、青春激扬的靓丽身影。

母亲那时十六七岁，是学生会主席，也是学校的歌星，被誉为"桃师郭兰英"。在那个时代，郭兰英是全社会的偶像，以她来喻母亲，可见母亲当时在学校受追捧的程度。母亲嗓子亮有歌星范儿，这一点我在童年里几乎天天见识。嗓子是否好到可以与郭兰英媲美，儿时的我无法鉴别，然而母亲的美丽，却是郭兰英没法相比的。那时的母亲看上去有些像秦怡，端庄贤淑而又充满灵气。去年在党校学习时，遇到了桃师的现任校长。他听说我母亲是桃师的学生，竟在学校的档案室里找到了母亲六十多年前的学生档案，其中有学籍表，是母亲用毛笔填写的，一笔颜体小楷十分漂亮，还有一张照片，短发、大眼，一丝浅笑含蓄中透出自信。嘴角微微后敛，似乎是为了藏着稚气，又似乎是为了敛着灵性。照片虽已泛黄，边缘叠了好些白斑，但岁月的斑痕依然掩不去照片上母亲青春的光彩。

在偏远封闭的桃源县城，母亲有这样一张俏丽的面孔，一副亮丽的歌喉，加上若有若无的大家小姐气质，同学们如星如月地追捧倒也自然了。母亲学习刻苦，记忆力又好，屈原《离骚》《九歌》之类的诗词，可以倒背如流。假期母亲无家可回，便独自留在学校苦读。伯伯叔叔们说，每回考试，母亲都是第一名。

临近毕业，同学们忙着报考大学，有报武大的，有报湖大的，更多的是报湖南师院，只有母亲报考了上海音乐学院。得知母亲以优异成绩通过了考试，女同学羡慕中略带嫉妒，男同学欣喜中略带失落。后来同学们的录取通知书陆续到了，母亲的却迟迟没有收到。直到毕业离校的前一天，校长将母亲叫到办公室，告诉母亲政审没有通过，因为母亲的父亲率领潜伏特务攻打乡公所，被人民政府枪毙了！

时至今日，母亲从未跟我谈及那个时刻。也许这块人生的伤疤，母亲一辈子都不愿意再次撕揭！一位当年和母亲同寝室的阿姨告诉我，那一晚上母亲都在清行李，几本书，几个笔记本，几件换洗校服，母亲翻来覆去倒腾了整整一晚上，母亲没流一滴泪，没叹一声气……

大概就是在那个晚上，年轻的母亲洞悉了自己的命运！自己决然叛逆的那个家庭，其实永远也逃不出，她用一个夜晚逃离了那个家，也逃离了那个旧的制度，却要用一辈子来证明那一次叛逃的真实与真诚。母亲的生命之舟逃离了旧有的码头，却始终驰不进她理想中的新港湾，只能孤寂地漂荡在无边的大海上！

母亲离家后再没回去过，也没和戴、向两家人联络，并不知道在外从军的父亲一九四七年解甲归田赋闲在家，不知道他解放初配合老蒋反攻大陆，在湘鄂一带带领潜伏敌特同时攻打乡公所，更不知道他是老蒋亲自任命的湘鄂川黔边区潜伏军总司令。在母亲的眼里，父亲是一位不可亲的父亲、不称职的家长，一个她永远也扔不掉的政治包袱，却不知道父亲还是一位效忠党国的铁血将军。

在欢送同学们走向大学的喧天锣鼓里，母亲背着简单的行李，形单影只地去了桃江二中，那是一所藏在大山窝里的乡村中学。暑期放假，学校只有一位年过六旬的老校工驻守，迎接母亲开启职业生涯的，正是这位神情木讷、行动迟缓的白发老头。

命运多舛的母亲，似乎天然地和山里这些纯朴而贫困的学生亲近，每个月除了留下生活费和买书的钱，余下的工资全都接济了学生。母亲三年后从桃江调往澧县，路费竟是向同事借的。离开桃江二中时，母亲担心学生知道了跑来还钱，便趁天色未明离开了学校。"文化大革命"后期，我家下放到梦溪镇，有天家里来了一位陌生的客人，自称是母亲在桃江二中时的学生，当年因为母亲的接济才把中学读完。客人边说边抹泪，母亲却淡淡地说："我都不记得了。"

我知道，母亲说的是真话。

四

调回澧县，母亲仍被分在二中。那时澧县一中设在津市，二中便是县城里的第一中学。民国时叫九澧联中，在澧水流域久负盛名，不仅临澧、石门一带富家子弟多求学于此，就连大庸、桑植乃至龙山、来凤几县的大户人家，也多顺澧水而下，将子弟送至该校就读。

母亲调来时，父亲已在二中，是颇受重视的学生干事。一个是农家出身的进步青年，一个是富家出身的叛逆女性，在那个时代相恋相爱似乎是一种时尚，如今看来，其实是一种宿命。诸多从旧家庭叛逆出来的知识女性，在政治上靠不上新制度的码头，最后便在家庭中建了一个小小的港湾，多多少少躲避一点社会变革的风浪。

豆蔻年华的母亲，有看得见的美丽面孔，听得到的美妙歌喉，品得出的美好德性，追求者理当结队成群。而父亲只有初中学历，身体亦不壮硕，一米七〇高矮的个子，体重只有八十来斤，瘦得像根麻秆儿。论学历论外貌，母亲的选择都令人不得其解。

很多年后，我问母亲当年选择父亲的理由，母亲的回答出奇地简单：他追求进步！我不知道母亲是因为拥有共同理想而看重父亲的追求进步，还是为了寻求庇护而看重。或许两者皆有，但结果是父亲娶了母亲，便失去了追求进步的资格，作为入党积极分子的父亲，之后再也没人谈及他的入党事宜。

父亲倒也心安理得，祖父教给他的人生哲理是有一得必有一失，父亲得到美丽贤淑的妻子，失去政治上进的机会，倒也两抵相当。我后来想，父亲的追求进步与母亲的追求进步，其实并不相同。父亲是为了吃饭、为了发达，并非为了明了而坚定的社会理想，假若民国政府迟几年倒台，难说父亲不是在另一面旗帜下举拳宣誓。母亲饱受旧制度的歧视，见多了旧家庭的丑与恶，新制度是她已经作出的选择，即使意识到这种追求是飞蛾扑火，母亲也会义无反顾。

婚后的日子，证明了母亲选择的正确。父亲实用主义的政治态度，成全了他们的爱情，更成全了之后几十年的婚姻生活。在当年，也并不是每一位进步青年，都愿意以一位漂亮妻子置换政治前程的。父亲不仅愿意，而且心满意足，无怨无悔。父亲这种无所谓的心态，减轻了母亲心灵的压力，支撑了母亲放不下的精神追求。

逛完一九五九年新春的元宵灯会，母亲在津市分娩了我。父亲推开产房的窗户，澧水之上一抹淡淡天光，父亲脱口而言"黎明"，这便成了我最早的名字。一年多后，母亲又生下了大妹妹黎莎。

眨眼之间，母亲由花季少女变成了两个孩子的母亲。不知是来不及适应，还是根本就拒绝改变，母亲的生活依然以工作为轴心。我和妹妹给母亲的生活带来了快乐，更给她的工作带来了拖累。母亲为了不影响工作，先让我们寄居在保姆家，后来索性将我们送回乡下，交给了祖父祖母。弟弟和小妹出生后，又被寄养在一对没有生养的裁缝家里。尽管如此，母亲仍觉时间不够，每天工作到夜半三更。母亲批改作文，常常批语比学生的作文还长。母亲退休后，还有学生拿着当年的作文本来家里，让母亲看她当时的批语，纸张虽已泛黄变脆，而母亲一丝不苟的笔迹依旧醒目。

像那个时代绝大多数出身不好的子女一样，母亲坚信"出身不由己、道路可选择"的政治教谕，以兢兢业业、任劳任怨的工作，证明自己选择了新的道路。然而没有多久，母亲便被逐出了县城，下放到靠近湖北的一所乡镇小学。

五

母亲被"贬"的那个乡下小镇叫梦溪，是父亲老家的公社所在地。小镇依水而筑，在两条交汇的小河边，拉出一条弯弯曲曲的木板房街道。河岸边的大码头，河面上的石拱桥，还有街面上铺排的石板，是清一色油润光亮的青石，踩踏久了，便光滑得照出人影。有雨的夜晚，每家每户的灯光从板壁缝里泻出来，照在湿漉漉的青石街上，沁人的古朴和温情。镇上的居民是日积月累聚拢的，值夜的更夫、赶脚的叫花、花痴的遗孀、坐诊的郎中，卖鱼的、杀猪的、补锅的、剃头的、挑水的、算命的，还有南货的、五金的、农资的、信用社的，每个人都说得出来历，每个人的营生都彼此依存，哪家有了难处，大家会心照不宣地去额外多做两笔生意，算是搭把手，受惠的人家也不过分客套，只是把这一切记在心里，等到别家有了难事，便早早地跑过去……

在母亲的生命里，小镇是一个独特的生存空间，既不像她逃离的旧家庭，又不像她融不入的新单位，小镇浑然天成的人事与风物，让母亲感到了一种人性的本质和人情的宽厚！祸兮福兮！母亲被逐出县城，却意外地落到了这个天高皇帝远的小镇，过了相对安定的二十多年。

完小来了一对一中下来的好老师，小镇人当作天大的喜讯奔走相告。没有人打听是否犯了错误，或者被揭发了什么历史问题，大家只觉得这是小镇的福祉。一中的老师，九澧联中的先生，怎么了得！母亲的歌声很快就弥漫了学校，弥漫了整个小镇。母亲除了上音乐课，还要教唱各种革命歌曲，排练各种文艺节目，母亲不是主演便是主唱，母亲的声名一下传遍了十里八乡。小镇人习惯将一种精神上的尊重转化为物质上的表达，初夏新出了黄瓜辣椒，一定要先摘一篮送去；腊月杀了年猪，必定挑一块后腿肉送来；至于那时节都要凭票供应的烟酒粮等，供销社里卖货的掌柜们总是货到便早早包好留在那里，一次一次捎信让我家去取，后来干脆让上学的学生带过来……

这种市井的平静与乡俗的祥和，终究被"工联""红联"武斗的枪声打破。两派分别在石拱桥两端堆起沙袋，架起机枪，用"嗒嗒嗒"的机枪声宣示对小镇的控制权。学校里也有了大字报，有好些是针对父亲的，看着"火烧""油炸"之类的赫然标语，父亲担心身体经不住造反派的洗礼，便在一个风雨交加的夜晚逃到了湖北。造反派找母亲要人，拉着母亲批斗过一次，之后便再没有人逼问母亲父亲的去向，也没有人批斗母亲。造反派里哪一派的头头，似乎都拉不下面子去为难戴老师。慢慢地今天"红联"请母亲去教歌，明天"工联"请母亲去排戏，母亲成了这些"文攻武卫"战斗队的休战区，成了混乱世道里小镇的一道人性风景。

在这场风雷激荡的"大革命"中，出身尚好的父亲被逼亡命，而作为"革命"和专政对象的母亲却相对安宁，颇令人匪夷所思。"文化大革命"后有一年过年，当时的几个学生领袖相约来家拜年，围着一火盆炭火聊起"文化大革命"造反的事，父亲问他们当年为什么没有为难母亲，学生们众口一词地说："戴老师人太好，谁好意思揪她斗她呀！"

中国的乡土社会，从来都是一面宫廷政治的哈哈镜。不管庙堂的说辞如何言之凿凿、一派堂皇，百姓却习惯将这种是与非的纠缠，演绎为成王败寇的江湖恩仇，本能地将这类罪与罚的法律控辩，混淆成善恶报应的因果轮回。也正因为这种演绎和混淆，保持了市井众生抱团取暖的人性体温，维系了乡土社会超然事外的生存安宁。"文化大革命"中的小镇，是"文化大革命"的另一种样本，是多多少少被史学家们忽视却具有普遍政治学意义的样本。中国的政治风暴来袭，乡土生活亦会为其创损，但深植的人伦根须难为所动，惯性的生活节律难为所变。中国的乡土社会，从未有幸置身事外，也从未不幸真正置身事中。风暴依然，生活依旧，这或许便是乡土中国数千年不变的政治生态。

六

父亲打小便是个病秧子，祖父怕他养不活，便为他取了一个极贱的小名"捡狗"，就是现今"流浪狗"的意思。父亲活虽活下来了，却始终病病歪歪的，一阵风便可吹倒刮跑。除了每天课堂上那几十分钟打起精神，其他时间都是躺在一把黑旧的布躺椅上，恹恹地假寐，只有间或的一声咳嗽，证明他依然活着。我的妻子第一次进家门，父亲就是那样一动不动地躺着，把这个新媳妇吓得半天透不过气来。小镇上过不多久，便会传言父亲亡故的消息，甚至有朋友扛上花圈，到家里上门吊唁。父亲也不生气，依然躺在躺椅上说："好事好事，阎王听说我死了，就再也不会来拿命了！"

父亲几乎是将少得可怜的体能，完全给了大脑。家里的一切用度，都是他躺在躺椅上盘算筹划的。一个六口之家，靠着父母那点薪资本已十分艰难，加上乡下还有祖父祖母要赡养、叔叔姑姑要支援，经济上的捉襟见肘在所难免，但父亲不仅能精打细算应付下来，而且还能让母亲和孩子们感觉不到他的为难，他不希望家里的其他人为钱操心。有两次他实在束手无策了，便找了别的理由硬扛着，死活不提钱上的事。

一回是小妹腹泻高烧，治了十几天不退，县里医院土的洋的办法都用了，一点效果没有，只能一次一次下病危通知书。父亲没说欠费的事，只说实在医不好，也是她的命！一向不理家事的母亲却母狮般扑过来，从病床上抱起小妹，边跑边吼："到长沙去！到长沙去！"一生不向他人伸手借钱的母亲，连夜敲开好几家同事的门，借了钱便往汽车站跑，独自将奄奄一息的小妹抱到陌生的省城。几天后，母亲牵着治愈的小妹回到家里，父亲仍旧躺在躺椅上，盘算该怎样还清母亲的借款。

　　另一回是一九八一年弟弟和小妹高考失利，是否继续复读成了家庭的重大抉择。那时我已上大学，大妹读中专，弟弟和小妹在县一中读了三年高中，家里已经举债度日了。父亲依然躺在躺椅上，一支接一支抽烟，就是不谈钱的事，只说其实早点找个工作也好，不是只有读书才能成才呀！母亲也不反驳，只是态度坚硬得像块石头："一定要复读！"母亲又一次东乞西求，找人借够了弟妹复读的费用。一年后，弟弟考上了师大，妹妹考上了农大。

　　回想母亲这些年，自己几乎不花一分钱，也不过问家里是否有钱。每月领工资，都是父亲去，从来不问是多少。有好长一段时间，我努力回想母亲年轻时穿新衣服的样子，却怎么都想不起来。我记得母亲最漂亮的衣服是几条碎花的连衣裙，父亲说那是婚前母亲自己找裁缝做的。母亲学过也教过俄语，布拉吉是她最喜爱的衣款，但成家后，母亲便再也没做过买过。

母亲平素不理家事，我们吃饭穿衣上学之类的事，都是躺在躺椅上的父亲照应。母亲每天长篇大段地批阅学生作业，我们的作业却从来没有看过一眼。有一回军训操练，我的裤裆撕破了，母亲也没有拿去缝一缝，依然抱着作业本去了教室。然而只要涉及上大学读书，母亲便一改不理家事的态度，坚定地当家做主。也许是当年未能被录取进入大学的巨大遗恨，一直郁积在母亲心里。

　　一九七七年参加高考，我成绩上了榜，录取通知却没有下来，找人打听，依然是因为那位被镇压的外公。一气之下我扔了所有的复习资料，挑起一副竹围子，赶着三百只麻鸭，过起赶鸭走江湖的日子。白天操着鸭铲打架，偷鸭子的、摸鸭蛋的、赶着鸭群争稻田的，遇谁打谁。夜晚则躺在荒滩野地上，守着鸭棚喝谷酒、看星星，倒也自得其乐……一天，我在湖北公安的一个大湖边放鸭，远远地看见一个城里模样的女人朝湖边走来，近了一看是母亲。

　　母亲提了一网兜油印的高考复习资料，告诉我又要高考了。我说考上了也不会录取，我不会再考了。母亲说再考一次吧，就算帮妈妈圆了这个梦。说着母亲转过身去，大抵是不想让我看见她潮红的眼睛。母亲曾经告诉我，自从在她母亲坟头哭过那一回，她就再也没有流过泪，也无泪可流了。

我不知道母亲是怎么打听到我的下落的，也不知道她问了多少人，走了多少路，才找到这几乎没有人烟的荒湖边。看着母亲糊满泥巴的双脚，晒得黑红的脸庞，以及哀怨中透着乞求的眼神，我接过了那一兜复习资料。就在那年秋天，我接到了大学的入学通知。

七

在梦溪小镇，有两户人家出的大学生多，我们家算其中一户。父母将我们三个大学生、一个中专生供养毕业，便一个接一个离家远行了。先是大妹去了津市，我去了吉首，然后是弟弟去了汕头，小妹去了海口，一个比一个走得远。原本热闹拥挤的家，雏飞巢空，一下子便空荡寂静了。虽然母亲仍旧把心思扑在工作上，心中却渐渐生了儿女牵挂。那年我启程去山东读硕，母亲默默地跟在身后，怎么劝也不回，一直将我送到车站送上汽车，目送汽车消失。我靠在车窗边，回头向母亲招手，那一瞬间，我看见母亲风中飞扬的头发里，竟有了丝丝白发。

母亲是什么时候告别青年、中年的？

从那一刻起，故乡这个充满水乡景致和情趣的小镇，承载我童年梦想和掌故的小镇，便永远地定格为母亲送行的图景，母亲孤单地站立在道路远处，秋风撩起黑白夹杂的短发，似挥未挥的右手，久久地举在空中……

像一片原本就不肥沃的土地，在勉力种出了几季庄稼后，地力便耗尽了。大妹结婚前，父母将我们姊妹几个叫到一起，说你们都快要成家了，给你们每人两百块钱，算是父母对你们成家自立的一点心意。是少了些，但没办法更多了！母亲坐在旁边一声不吭，满是歉疚的眼神透着无奈。母亲明白父亲这像分家又像安排后事的异常举动，隐藏着对自己健康的极大隐忧。没几天，父亲又住进了医院，一住便是好几个月。

从家庭到病房，从厨房到课堂，母亲每天来回奔忙。一向不谙家务也无心家务的母亲，如今不得不为家务分心分身。母亲为此深深自责，并想方设法增加工作的时间，上课拖堂，下课补习，生怕学生没有听懂，生怕学校对工作不满意。无论在什么时候，工作都是母亲生活的轴心和灵魂，是她的人生融入新制度的唯一法门。家务的拖累是具体而现实的，当母亲确认自己无论怎样也没有办法绕过去之后，便慢慢变得焦虑和疑惧起来……

轮到我们牵挂母亲了！然而普天之下，子女对母亲的牵挂总是姗姗来迟。

八

父母亲调离小镇梦溪，是因为一位在津市当副市长的学生。六十年代初，在二中读书时，这位家贫辍学的学生因父母的接济得以继续学业，对此一直心怀感激。我们姊妹离家后，他和一群五六十年代的学生时常来到家里，帮父母买煤，种菜扫地。其实他们与父母年龄相若，却始终执弟子礼。大家觉得这么好的老师还窝在乡下，实在是浪费人才，于是鼓动分管教育的肖副市长将父母调往津市一中。

起初母亲很兴奋，忙着收拾行李辞别朋友，小镇上有过往来的人差不多都到了。等到搬运行李的汽车开来，母亲却迟疑起来，堵在门口不让搬东西。我们姊妹轮流劝说，好说歹说都没有用，母亲横竖一句话："我怕！不调了。"最后还是那帮五六十年代的学生劝说起了作用："戴老师，您不调到城里去，我们看您不方便！现在年纪越来越大，您不进城我们见面会越来越少！"于是母亲在学生的簇拥下搬家进城。

母亲对城里生活的恐惧超出了所有人的预计。好长一段时间，母亲不想出门，出了门也不知道如何与邻居交流，更不敢登台讲课。一堂课备了十好几遍，所有人都说很好，临了进教室母亲却还是说："课还没备好，不行不行！"母亲担心自己的课上不好，别人说她是开后门进来的，害怕遭人非议受人白眼。一辈子以工作为生命、以工作为自豪的母亲，突然失却了工作的自信。母亲一整夜一整夜地睡不着，吵着要一个人回梦溪去。

当年在讲台上众星捧月、在舞台上众星捧月的母亲，如今怎么连登上讲台的勇气和信心都没有了呢？是因为长期乡居适应了舒缓平和的生活、宽厚朴拙的人情，以至于拒斥乃至恐惧城市急促跳荡的生活、机巧浇薄的人情？适应了乡土社会对她宽厚的人情接纳和乡愿的人性袒护，以至于不敢再次面对城市无处不在的社会纷争和政治拷问？

母亲最终被安排到了图书馆，每天抄写图书卡片，打理借进借出的图书。津市一中那几届的毕业生，大体都记得图书馆有一位态度特别和蔼的老太太，写得一手漂亮的颜体字。每回向她借书，她总是一边递书，一边笑盈盈地叮嘱："别弄脏了，别弄破了，别丢了……"学生们也听说老太太有一副嘹亮的歌喉，甚至听说她大家闺秀的身世传奇，但谁也没有勇气和老太太攀谈打探。

　　母亲的退休没有宴请，没有欢送，在图书馆那间静谧的办公室里，母亲写完最后一张新书入库卡片，那是阿·托尔斯泰的名作《苦难的历程》，然后将办公室仔仔细细扫了两遍，把那张旧得脱了油漆的办公桌抹了又抹。冬日的阳光从图书馆高大的窗户照进来，照在斑驳的书桌上，也照在母亲花白的头发上。窗外安静得看不见一个人，看不见一只鸟，落了叶的乔木在阳光里光秃着枝干。似有一丝风，在光秃的树枝上吹过，有些微颤动。窗后的母亲吹不到风，却感到了一丝凉意，一丝浴在阳光里却能微微感觉的凉意。

　　母亲索性打开窗户，让微风将阳光无遮无挡地吹进来。母亲就那样定定地望着窗外，久久地浴在阳光的温暖里，浴在微风的沁凉里。母亲慢慢地觉出喉咙的蠕动，有一支久远的旋律从胸腔发出来，那是母亲少女时代最喜爱的俄语歌曲《红梅花儿开》。歌声很轻很轻，轻得只有母亲自己听得见……

九

母亲退休时，已有了孙子睿宝、孙女脔子和盼仔，再后来又有了筠儿，虽然只有脔子长期和他们居住在同一个城市，但我们时常将孩子送回去，让父母享受孙辈绕膝的天伦之乐。母亲每天上市场买菜、下厨房做饭，一丝不苟地每餐一大桌菜，仿佛款待贵客。父亲说自家的孙子做那么多干什么，难道天天当客待呀？母亲却说当然天天当客待，说不定明天他们父母就来接走了呢。再说要是睿宝、盼仔养瘦了，怎么向他们父母交代呀？

每天晚上洗碗抹桌搞完卫生，母亲便戴上老花镜，坐在桌前开列次日的菜单，早、中、晚各一份，写得工工整整挂在墙上。有时担心重了，便将前面一个星期的菜单铺在桌子上，一天一天比对，一餐一餐调配，脔子爱吃肉，睿宝爱吃鱼，盼仔爱吃青菜，每个人都要照顾到，配来配去到头来便是长长的一列菜单。父亲知道怎么说也没用，便摇摇头由了母亲。

做完早餐，母亲带上菜单上菜市场。先在市场上转上一圈，按照菜单上的品种看哪些菜缺货，哪些菜不新鲜，临时调整菜单，然后一个摊位一个摊位比较。母亲买菜并不怎么讲价，也不会讲价。有一次她问摊主白菜多少钱一斤，摊主说一块，母亲说两块钱一斤卖不卖？摊主愕然，周围卖菜的以为母亲开玩笑，谁知母亲竟真按两块钱一斤结账走了。这事成了菜市场好多天不胫而走的一则笑话。后来一个和母亲很熟的摊主问起这事，母亲说你看她的菜那么嫩那么干净，人家白菜又老又泡了水，还报一块五，她只报一块钱，说明她人老实。人家老实，但我不能欺负老实人呀！

母亲的话令好些摊主语塞和脸红。从此摊主们不但不再拿这话调笑母亲，而且每回母亲从摊子前经过，都会很恭敬地叫一声"戴老师"。如果母亲停下来买摊子上的菜，摊主会主动帮母亲挑选，大多不会短斤少两。

每回做完饭，母亲总是站在一旁看着孩子们吃，帮脊子夹肉，帮睿宝夹鱼，时常把他们胀得剩下半碗吃不完，母亲便一劝再劝，问，是不是咸了？是不是辣了？是不是不好吃？常常是一脸的歉疚。一回睿宝拉肚子，母亲觉得是自己饭菜不干净，急得手足发抖，躲在厨房不敢出来。好长一段时间，母亲一进厨房便紧张。买回来的菜，在水龙头下冲了泡、泡了揉，直到把青菜揉碎了，才下锅去炒……

孙辈也一个一个长大了，该上学的上学，该留学的留学去了。母亲作别了工作，远离了孙辈，生活似乎失去了重心。然而仔细一想，母亲似乎从来都不会失去重心，母亲有自己不被转移的目标感、不入流俗的价值观、不受侵扰的内心世界，无论手头做着什么，母亲照例是我行我素。

　　母亲几乎没有爱好，不串门，不玩牌，不逛街，不跳广场舞，不打太极拳……母亲几乎没有闺蜜，不家长里短，不鸡毛蒜皮，不口是心非暗中攀比……

　　母亲的心事，一辈子闷在心里，连父亲也弄不清楚。除了偶尔望着窗外发呆时你会觉出母亲在想心事外，平素是看不见她的内心世界的。母亲对生活没有要求，而她对精神的欲求却又秘而不宣。母亲与我们朝夕相处，而我们却觉得她其实生活在远处，在一个完全闭锁的自我世界里。不知道是因为这个精神的世界太过强大，根本不需要别人的襄助和认同，还是这个精神的世界太过脆弱，根本经不住任何外人的靠近，一碰就碎。

　　母亲一日一日地翻报纸读杂志，每一个字都读到，读完还要一篇篇文章剪下来，装订成册，一本本叠在一起。起先我以为只是因为我是《潇湘晨报》的社长，所以对该报读了又读，后来我发现几乎母亲能拿到手的所有报刊都是如此，即使是那些在我看来非常"五毛"的杂志，母亲也是读了又读、抄了又抄。母亲那庄肃沉浸、忘情世外的神情，我只在青海湖边那些长跪朝圣的藏族人脸上见过。他们一起一伏地用身体丈量每一寸朝圣之路，身边烟波浩渺、纤尘不染的圣洁湖水，一望无垠、绚烂明丽的油菜花海，不绝如缕、惊诧好奇的各色游客，既不入眼也不入心，仿佛概不存在。在他们的生命历程里，只有出生地与神庙的距离，只有身体与圣坛的距离，那是一条绝对两点一线的距离，不论身体走过的道路多么崎岖险峻，信念行走的道路却始终径直平坦。

母亲也有自己的神庙吗？母亲的圣地又在哪里？时至今日，我也没能洞悉母亲那个完全封锁的自我世界。我曾以为母亲的神庙是新制度，从十几岁开始，母亲便启程向她憧憬却并不了解的圣地朝觐，不管时局如何跌宕，母亲的信念之旅似乎从未停顿。记得母亲退休后，曾淡淡地问我："退休了还可以写入党申请吗？"当时我心中隐隐一震，却并没有特别在意，如今回想起来，母亲那平淡的语气中，是否掩藏着数十年不改的坚韧信念？

对此我并无把握。弟弟在看过本文前半截后，说我把政治在母亲生命中的意义看得太重了。我不知道究竟是我对母亲生命的体察感悟失准，还是弟弟对母亲所处时代的感同身受不够。当然，这也许就是生命的本义吧，母亲的人生行止，究竟是在且行且待中坚守，还是在且待且行中彷徨，即使是作为儿子的我们，也有不同的体悟和解读。

十

在本文写作期间，我曾向母亲打听向、戴两家的旧事，母亲当时一愣，神情紧张地反问："又要清查历史了吗？"向来处变不惊的母亲，眼神里的惊骇和恐慌是我从未见过的。一个经历过八十多年人生际遇的老人，对自己的家事仍如此讳莫如深，对所处时代的风向竟如此反应过敏，我的心一下被锐器深深扎伤，至今隐痛未去。

我担心母亲受到惊吓，便让她看了尚未写完的文稿。读完后母亲一边揉眼睛，一边连连说："烧了吧！还是烧了吧！"

上半年父亲重病，被送到长沙住院，母亲则留在津市大妹家里。父亲病愈回家，母亲竟扑上来，一把抱着父亲号啕大哭："你死不得呀！死不得呀！我一世都不能离开你！"

一家人面面相觑。这是我们第一次听到母亲的哭泣！那种没有掩饰、没有顾忌、声嘶力竭、纵情任性的哭泣！

那哭声粉碎了我对母亲人生的所有判断与框定，让我对生命生出一种骇然敬畏！

母亲是叛逆过一种制度，却未能被另一种制度接纳！母亲是向往过一个时代，却未被这个时代宠爱！母亲是投身过另一类生活，却未能被这类生活造就！母亲背负着沉重的理想生活，也背负着沉重的生活理想，在理想与生活的冲撞中妥协，在生活与理想的媾和中坚守，因拒绝妥协而妥协，因放弃坚守而坚守。生活是母亲理想的异物，生活又是母亲理想的指归！

也许吧，世上原本所有的朝圣皆为自圣！无论朝觐的圣地路途是否遥远，最终能否抵达，而真的圣者，一定是在朝圣路上衣衫褴褛的人群中。

我曾和好些同龄人说起母亲的往事，听完，他们每每会说：

我母亲便是这样！

我母亲也是这样！

……

（原载《十月》2018 年第 3 期）

09

父母老去

◎彭程

　　父母的变老，是一个逐渐的、缓慢的过程，有如树木的颜色，自夏徂秋，在不经意间，由苍翠转为枯黄。

　　一个人在生命的不同阶段，留意的事情会很不同。某个时候，他会忽然意识到，以前忽略甚至遗漏了一些原本十分重要的东西。也就是最近这几年，随着孩子长大，随着自己渐渐感觉体力精力的衰减，才更明显地感觉出时光对生命的蚕食，也开始有意识地端详这一点在父母身上的体现。

好几年前，大概是在他们搬过来两三年后，有一个晚上看电视，父亲坐在沙发的另一端，侧面看上去，我不禁被强烈地触动了一下。原本棱角分明的嘴巴，平时总是抿得很紧的，这时却瘪了下去，半张着，头一点一点的，在打瞌睡。曾经多次看到过这种老年人的衰弱的神态，但从来不曾和自己的亲人联系起来。

　　那是第一次，有一种刺痛般的感觉。

　　那以后，看他们时的目光，便多了些审视的成分，便总是能够发现衰老的迹象。拎不多的几样菜，走一段路就要停下来歇口气。陪他们散步时，得注意放慢些脚步，否则他们会落在后面。母亲虽然常年坚持锻炼，做保健操，但上下楼梯时的步态，明显地迟缓，手要扶着栏杆。父亲的头更向前倾，腰背也更伛偻了。

　　心理上，也变得缺乏承受力。他们原本都是脾气平和开朗的人，可如今一点不顺心的小事，就能够影响他们的情绪。比如，在外面摊上买了水果，回去发现缺斤短两，就会郁闷半天。要去南方的弟弟家，动身前两天就开始嘀咕了，担心出行那天天气不好，到机场的路上会不会堵车。同时，也变得越发不爱走动了。他们住在远郊，出行不便，有时候想拉上他们进城，去某个景点走走，或者逛逛新开张的商厦，头两年还有兴致，后来就轻易劝不动了，只有逢年过节，才去看看不多的几家亲戚、同事，也仿佛是尽义务，坐一会儿就惦记着要离开。假期去外地旅游，想带他们一同去，父亲却不想动，说想起到处是人就怵头，母亲于是也走不成。

有一次父亲生病了，半边腮帮鼓起来老高，两三天不消肿，吃不下饭。接到电话，我赶过去，拉到就近的一所医院治疗。看病的过程中，我感到了父亲有一种孩子般的紧张和烦恼，大祸临头的样子。其实不过就是发炎，吃了些药，第二天就明显好多了。过后母亲笑着揶揄父亲说，那天他闹着说不行了，这次肯定躲不过去了，要写遗嘱。父亲一直是很受情绪控制的人，老了以后就更是如此。

随着时间推移，这些年，越来越感受到，他们成了需要惦记照料的对象。带他们到什么地方去，看到他们迟缓的动作，就需要不时地提醒，过马路时注意两边的车辆，或者留意商场的转门，小心脚下的电梯，就像儿时被他们不停地照料一样。不单单是身体上的，也表现在其他方面。比如，一件无关紧要的小事，他们的决定也会变得困难，像在餐馆里点菜，像外出走哪条路，常常踌躇半天拿不定主意，这时候就要替他们作决定了。不知不觉中，角色对换了，是时间促成了这种变化。寻思起来，其中有多少滋味可供品尝啊。

有时，看着他们，意识忽然会产生一瞬间的恍惚：眼前这一双年迈老人，就是为我们兄妹提供衣食、抚养长大，又挨个儿供四人读完大学的生身父母吗？记忆中，他们也曾精力旺盛，健步如飞，笑声朗朗。在家乡那个狭窄的小院里，在几间摆放着最简单家具的房间中，他们一天到晚忙忙碌碌，用他们那点微薄的工资，为维持一个多子女家庭最基本的物质生存条件，百般筹划算计，节衣缩食，但有时仍不免愁肠百结。记忆中，尚留存有一些生动的片段，但更多的内容，已经落入遗忘的深渊。

七年前，我们兄妹几人，在京南大兴区一个小镇上的一处小区，凑钱买了一套经济适用房，把父母从几百公里之外、河北老家的县城里接来。那一年，父亲六十六岁，母亲六十四岁。多年的盼望实现了，终于来到子女身边了，他们精神爽朗，喜气洋洋。

对他们来讲，搬到这里来，也是一次颇为重大的人生转折。大半辈子生活在小县城，生活方式、人际关系都已经固定化，如今来到一个陌生的环境，有一个适应的过程。周边的环境和生活设施，要慢慢熟悉。城里有几家远房亲戚，还有若干当年的同学，要去看望，以及接待对方回访。不知不觉，大半年的时间在新鲜的体验中过去了。

体验到变化的不仅是他们。因为距离缩短，去的次数增多，亲情的分量感觉陡然增加了许多。感情是要在不断的来往中加强的，即便父母子女之间也是如此。面对面交谈，甚至是默默相对，那些动作表情、声音气息，都会转化为一份情意。我开始自责，为在过去的许多年中，回家次数太少，有时一年都没有一次，虽然离故乡只有几百公里。因为疏懒，因为曾沉湎于若干不切实际的梦想，也因为那些年里孩子还小，需要照顾，走不开。还有，是基于那个年龄段特有的错觉，觉得未来的日子会很长，一切都来得及。这可能很让他们失望，一定还有一些不满，但他们没有公开表达过。他们在街坊邻居面前都是好面子的人，又是千方百计为儿女考虑的人，所以会想出种种的借口来，说给邻居听，也让自己相信。

回头想来，那些年头，许多事情做得不妥，生活中会有多少不易觉察的盲区啊。只有时间的流逝，才会让我们慢慢意识到。因为这种迟来的觉悟，那一年里有很长时间，我心中感到十分愧疚，然后又感到庆幸：好在尚有机会弥补。他们搬来了，就在身边，我过去的疏忽还可以补偿，不必像许多人那样，一旦天人相隔暌违，才猛然发觉昨日之非，后悔不迭，但现实无情，"子欲养而亲不待"，即便捶胸顿足又有何用？

记得那年十一，是新中国成立五十年的国庆节，因为是大庆，北京城内外，到处都布置得十分热闹。我带父母和从外地赶来的小姨，去天安门广场看花坛和音乐喷泉，以及各省、直辖市、自治区及各部委设计制作的数十辆国庆游行彩车展览。父亲那天十分兴奋，情绪少见地激昂，坐在车里，一路上追述自己在新中国成立那年来北京找工作的情形，如何从天安门旁的中山公园，一直步行到现在首钢所在地的石景山。听他描述当年的情形，恍如隔世。声声叹息中，半个世纪的岁月如云烟过眼。

父母多次说到，他们有一个幸福的晚年。这话他们说给老家来的亲戚、客人，说给小区的邻居，也说给我们几个儿女，语气中流露着满足和感激。当年的同事，如今的邻居，都有人家孩子不孝、晚景凄凉，他们庆幸自己的儿女孝敬体贴。本来是子女应该尽到的义务，在他们那里却常常视为一种额外的馈赠一样。父母的心理，那样一种谦卑、容易满足的感情，随着自己也当了父亲，体验得越来越深了。

　　大半辈子过着贫寒的生活，所以如今在别人看来是很一般的条件，他们却觉得非常满足了。离子女近了，不再像过去那样，一年见不到一两次面。条件比在县城时强得多，做饭有煤气，取暖有暖气，冬天不用拉蜂窝煤、掏炉渣。有卫生间，不用走老远上公厕。更不必冒着危险爬上房顶扫雪，因为担心融化后会渗漏。房子装修时，没有经验，又想让他们赶在春节前搬过来，很着急，因此弄得很简单，有些地方不大方便。也住了好几年了，很想重新装修一次，这期间让他们来家里住上几个月，但说了多次，都不肯，说他们觉得已经不错了。当然，以他们在老家的微薄的工资，看这边的物价，什么都贵。虽然已经不需要再为经济操心，但节省的习惯改不了了，买一份青菜，也要比较好几个摊位。

　　像大多数父母都会有的错觉一样，他们也觉得孩子们有出息，没有任何背景，凭着个人的奋斗，从小地方考取了名牌大学，分配在大城市，拥有一份不错的工作。虽然他们也知道，孩子们也无非都是普通的白领，既没有当官的也没有发财的，按社会上的成功标准来看，都算不上什么。但父母评价孩子的标准大多数是难以客观的，总是对优点夸大，缺点缩小。

他们搬来这里，空间距离大大压缩了。其实，另一种变化更有意义，那就是心理距离的缩短乃至消失。但这点却是慢慢意识到的。固然是因为住得近了，很容易就可以坐在一起，但关键还是，在父母子女双方，都已经到了那个辈分年龄的界限被打破的阶段了。人生际遇、感受随着岁月流逝而增添、调整，相互重合的区域越来越多，共同的话题自然也多起来了。"多年父子成兄弟"，我对这样的话有了更具体的认识。

在那里，除了充当儿子特别是长子的角色——这让我更多地参与家庭中一些重要的和临时性的事情的"决策"——还经常临时担任裁判。老两口儿有时会为一些鸡毛蒜皮的事情争执，起因通常是母亲唠叨一件什么事，父亲不爱听，双方争辩，然后谁的一句话就跨越了临界点，引起争吵。听起来很可笑，实在不值得，但想下去，倒也很正常，在他们退休生活的狭小圈子里，还能有什么大不了的跟"原则性"挂钩的事情？如果我去的时候离发生争吵的日子还不算远，两人都还没有忘记，就可能会旧事重提，请我评判。这种时候，每个人都很较真，抢着介绍争吵的前后原委，数说对方的不是，详细到了琐碎的地步，让我想到了那个"老小孩"的说法。好在，我从来不担心，这种冲突会发展到真正需要忧虑的地步。我能想象出，父亲当时可能神情更激动，声调更急，但最后总是他率先作出示好的表示，母亲便有了台阶下，虽然神情似乎很委屈。这种时候，我总是含糊其辞，不偏不倚，典型的骑墙派，而他们也没有人提出异议。这时我会有一种感觉，这其实正是他们相互之间表达感情的方式。

在很多细节上，母亲更多表现了母性的细致、慈祥和宽厚。这些年来，她多次说起，小时候因为我偷吃糕点，用笤帚把打过我，如今每次想起来，都后悔得要狠狠地掐自己右胳膊几下，怨自己当年怎么那么大的火气。有好几次，看到我因为什么缘故训斥女儿时，都及时制止，并把我叫到一边，很严肃地提醒我，对孩子一定要心平气和，否则将来会后悔的。

七年下来，他们已经是这里的老住户了。

刚搬来的时候，小区里还没有几家入住，入夜只有不多的房间亮着灯，在一片漆黑的楼群中显得孤零零的，看上去有些发憷。周边也是一片荒凉，要走出老远才能找到商店和饭馆。如今，小区里早已经人满为患，孩子们到处跑来跑去，有不少是这几年新生出来的。出小区大门，通往公路的几百米长的道路边，各种店铺鳞次栉比，热闹非凡。更远处，还有规模不小的超市和农贸市场。周边，也新建起了档次更高的居住小区。

每天晨昏时分，在楼前那片十分开阔的中心花园里，都有一大群人打拳、做操和聊天，轻松悠闲。去那里走走，你会感受到，平民生活自有一种浓郁的乐趣。住久了，邻居们之间也早都熟悉了。住户中有不少是从城里搬来的拆迁户，把老北京人住胡同大杂院的那种人情味也一块儿移过来了。有几家的子女，在附近的一个蔬菜批发市场做生意，时常会送一些菜来。父母也把老家来人捎来的一些特产，作为回报。有时候，我和妹妹把他们接到城里住，但住不几天，就惦记着回去。只有在自己家里，才感到放松和自在。

虽然已经彻底融入了这里的生活，但他们大半辈子是在家乡小县城中度过的，难以割断那种牵挂。他们单调生活中的一项内容，是和家乡的亲戚朋友们联系。好在电话方便了，拨几个号码就能听到熟悉的声音。当年的同事故旧，街坊邻居，谁得了病，谁去世了，谁的境况不济，都会让他们唏嘘半天。母亲每年都要搭便车或乘长途车，回去一趟，住上十天半月。然后，对这些日子的回忆和谈论，就会成为回来后很长时间内的重要内容。

尤其是刚搬来的头几个月里，一下子置身于全然陌生的环境中，连个说话的人也没有，母亲实在感到寂寞，坐长途车回家住了一个月。第二年的国庆节长假，母亲还把几个当教师的同事约来，住了好几天，聊天，搓麻将，一块儿包饺子，那几天真是热闹。她们都是我小学时的老师，因为是母亲同事的缘故，叫老师的时候少，更多时候是按家乡的称呼，叫大姨。听她们用家乡话大呼小叫，感到特别的亲切温暖。当年一个个都是精干利落、脚下生风，如今全变成花白头发的小老太太了。我带她们进城逛了王府井步行街、新华书店，坐在车上看了街景，算是尽了一点学生和晚辈的心意。

每隔两周左右，有时候还要长一些，我带妻子女儿过去一次，陪他们吃一顿饭，聊一会儿天，拢共也就几个小时的样子。平时工作缠身，周末两天，要做一周累积下来的家务，还要接送读初中的女儿上课外强化班。人到中年，深切而无奈地感受到时间的短缺。

那天，从早晨起，他们就开始慢慢准备了，变换着花样做我们爱吃的东西，焖饼，煎茄夹，烙北瓜丝的糊塌子，用自己采摘、晾干、切碎后的马齿苋馅蒸包子，等等。每次都吃得超出平常饭量很多，过后颇为后悔。临走时，还要带回来不少，够吃好几顿的。

这么短暂的时间，多数情况下，实际上根本谈不了什么。仿佛一种仪式，定期释放一下亲情和挂念。三四个小时的相聚后，后面便是十几二十几天的分离。这样，也便无暇深入到他们的内心，不知道每天他们都在想些什么。退休养老的生活，有足够的时间和静谧，他们会把一生的经历遭际，反复地回想和咀嚼吗？

应该会的。有些时候，待的时间稍长一些，他们就不知不觉中谈到了某个话题。当年生活的捉襟见肘，兄妹几个或痴傻或调皮的故事，某个邻居或同事的趣闻，等等，都很生动详细。虽然有些是自己经历过的，但因为当时年幼懵懂或者漫不经心，了解得并不多，感受也不深，故而此时听起来十分新鲜。他们并非忘记，只是没有机会倾诉而已。

聚少别多，这实在是无可奈何的事。

有一些话，可谓是老生常谈，平时人们经常都会说到，但很少会认真思索其中的深意。只有在某些时刻，某种情境中，它们才会于瞬间变得尖锐，显露出咄咄逼人的意蕴。有一次告别后，车已经开出很远，转过弯儿就要出小区了，回头一看，他们还站在楼前朝这边张望着，因为隔着很远，只是两个模糊的身影。这时心里忽然升起了一个想法：以这样的节奏频度，还能够见他们多少次？我尚且有这种念头，他们就更会这样考虑了吧？这样一想，就强烈地意识到了生命的短促，一些忧伤也迅即在胸间弥漫开来。

见一面就少一面了。单位有位领导，每年的几个七天长假，都要赶回远在一千多公里外的故乡，只为探望八十多岁的老父亲。当有人问起何以如此频繁时，他这样回答。其实谁又不是如此，当父母已经踏上暮年之路，渐行渐远？寿龄的长短也只具有相对的意义，不变的是相伴的暂时性。初次意识到这点时，我记得心中掠过一缕寒意。他们搬来已满七年，按说不算很短了，但在记忆中那些日子却仿佛可以数点出来。今后，还会有几个这样的七年？

度量生命可以用不同的标尺。在人们习惯的童年、少年、中年、老年之外，还可以有更开放的、多样化的尺度，譬如，哪几年从事的是什么职业，哪几年在什么地方居住等，都可以拿来绘制具体的人生坐标图。有一次翻《诗经》，读到这样的句子："哀哀父母，生我劬劳……父兮生我，母兮鞠我，拊我畜我，长我育我，愿我复我，出入复我，欲报之德，昊天罔极！"我忽然产生了一个想法，其实，人生也可以这样划分：在父母身边的日子，不在父母身边的日子；同样是分离，有短暂分离的时候，也有阴阳阻隔、生死暌违的时候。

父母好多次对我们表示，他们眼前最大的心愿，就是把身体照料好，生活能够自理，免得得上个半身不遂之类腻歪人的病，自己遭罪受不说，还累赘别人，给你们增添负担。这时候，我们总要笑着打断他们的话头：说什么呢，你们还要制订至少二十年的目标，多想想怎么活得健康、活得乐和吧！

看他们今天的身体状态，这样的话也并非只是为了讨个吉利。何况，根据世界卫生组织的新的定义，这个年龄还只是属于老年的早期，未来尚有堪称长久的日子。报纸上电视里，不是也经常刊播一些百岁老人的消息？我时常将这一类的信息带给他们，既是为他们鼓劲，也是安慰自己。还不断地捎过去一些健康保健类的杂志，他们也仔细地读，按照上面所说去安排自己的饮食起居。差不多每隔两年，为他们做一次全面的体检，各项指标大都比较正常，有一些小毛病，也都是这个年龄的人常见的，并无大碍。

父亲总是说，知足了，就是现在就蹬腿的话，也算活够本了。父亲从年轻时身体就不好，县委的同事们开玩笑，说老彭熬过的中药够装几车了，药渣能够把自己埋几次了。他多次谈到，当年在沧州干休所疗养院的几十名病友，如今还在人世的，只有他和另外两三个人了。最后，又总是千篇一律地转到儿女孝敬，让他们生活好，心情舒坦，才有今天的样子。

但自然规律无法对抗。即便如此，有一点是不会改变的：他们在慢慢地走向一个归宿，一处一切生命都将在此聚会的所在。

那时，窗外这条被脚步丈量了无数次的小路，将不再留下他们的足迹。小区花园的那片健身区中，依然热闹喧哗，但不再有他们的身影。眼前的一切，都将成为记忆中的内容，而也会有连记忆都消失了的时候。生命的延长，无非是持续不断地增加、积累记忆，然后在某一天突然变得空白。那些伟大的人物，还会被记入史册，而一个普通人，便只会在家人、亲戚、友人的回忆中，继续存留一些时日，然后就慢慢地淡出了。等到若干年后，这些人也渐次故去，就没有证实他们曾经存在过的消息了。就像这个世界上曾经存在过的亿兆生命，如今再没有一点痕迹。

向更远一些的地方张望，他们的今天也就是我们的明天。

生命重复着相似的道路，尽管年代、地域各异，但实质是相同的。就像那句西方谚语所说的，太阳底下无新事。一样的人间戏剧，时时刻刻在搬演着，同一个脚本，不同的演员。将来有一天，我们也会和他们一样，一样的牵挂，一样的思虑，一样的这个年龄所固有的心情。从心里盼望儿女来，但又体谅他们的忙碌，言不由衷。我们也会畏惧出门，畏惧热闹，顶多在房前的花园里晒晒太阳。朋友们见面越来越少，想念的时候，通个电话问候一下。然后在某一天，听到某个老友辞世了，内心不由得震颤了一下。

　　不过，依然还是时间，能够让一切归于平淡。此后，随着这样的讣告越来越多，渐渐地，我们心底波澜不惊，感慨也变得寡淡。再后来，我们会坦然地等待着，在不可知晓的某一天，这个结局也降临到自己的头上。

　　想象这些，也就是演练生命。将那个时段的生命感受预先体验一番，咀嚼一番，但愿等真正到了那个时候，我们会更成熟，更从容，更有尊严地面对必须面对的一切。

　　注视着，端详着，在时光无声的脚步中，父母越来越老了。

　　衰老是一个缓慢的过程，每年，都在一点点地累积，这儿或者那儿。我和大妹因都在北京，去得多，对这种变化还不是特别敏感，但我有一次翻出这几年里给他们拍的照片，前后比较，还是能够分辨出来。弟弟在南方，一年多见他们一次，小妹在国外，两三年回国一次，感受就更鲜明一些。

仔细凝视时，会意识到，那些言谈举止中，其实都是熟悉和陌生的东西的混合。那些熟悉的动作、声音、神态，让我们的记忆连接起了所有的过往的日子，那里面有苦涩，也有温暖。而那些被时光添加的东西，那些蹒跚、迟缓、软弱，让我们意识到天命、大限，生命的无限的脆弱，认识到人生的悲剧性本质。

一旦父母离去，对我们而言，也就是撤去了一种生命的支撑，割断了一条连接这个世界的牢固的纽带。我们内心深处会有一处被抽空的感觉，存在的根据也会变得恍惚可疑。对于一颗敏感的心灵，即便生活成功美满，一切都很如意，这种亏缺感也是无法被填补的。说到底，那是一种孤儿般的、被抛弃的感觉。他们给予了我们生命，抚养我们长大，看着我们成家立业，同时，他们一步步走远，终有一天会彻底地离去，阴阳暌违。仔细想来，这实在是一件荒谬的事情，是心理上难以接受的。有时候，忽然会有一种童稚的、虚妄的想法：如果能够和他们长期相随，还有什么是不能交换的呢？

然而这是不可能的。

我们就只好等待着，那必将到来的日子，别无选择。只愿当这天到来的时候，我们不会懊悔，不会内疚。我们能够说，作为儿女，我们尽到了自己的一份责任，在他们老迈衰弱时，我们曾经尽力照料呵护过。面对着一个铁一样的定局，我们作出过最好的抵抗。

（原载《十月》2007 年第 1 期）

10

姨妈

◎刘琼

汉语里，有些词天生带感。比如姨妈。

与姑奶奶的强势相比，姨妈这个词的指向要柔和得多，是有时可以替代外婆和母亲的女性角色。我总以为，没有姨妈的女孩，作为女人的这一辈子，仿佛缺了点什么。

再过些日子，姨妈就要从生活了一辈子的城市马鞍山来看母亲。现在是夏天，她们姐俩计划从北京直飞圣何塞。她们的大哥、我的83岁的大舅舅住在旧金山附近的圣何塞。那里，大概是全美华人居住密度最高的区域。

母亲最小，两个哥哥和一个姐姐都要大出好多。比母亲年长10岁的姨妈，1949年，与同属剥削阶级阵营的丈夫离了婚。不是姨妈觉悟高，而是这位先生着实不像话，年纪不大，吃喝嫖赌样样在行，母亲说他是个"二流子"。离婚后的姨妈顶着一头短发，兴许还别着一枚发卡，欢脱地从人群走过，便有许多未婚的男子心神不宁了。姨妈后来又有了两次婚姻。后两位姨夫不仅根正苗红，还受过较好的新式教育。第二位姨夫林业大学毕业后被分到马鞍山的国营林场工作，他死后，第三位姨夫来了。这是位老中专生，一生都在市机关当会计，娶姨妈的时候，年轻又帅。当时真是既守旧又解放，以两位姨夫的处男之身，竟然会娶一位离异和丧夫的女人，我想，与其说这位女人有魅力，不如说社会风气开明，将以人为主体的爱情和以爱情为基础的婚姻贯彻彻底。

姨妈漂亮吗？说实话，母亲家没有长得特别漂亮的人，除了大表姐。大表姐的漂亮遗传自她的母亲，不一定是旧金山舅舅的功劳。很长时间，我都喜欢拿姨妈与母亲比。比较起来，还是年轻时候的母亲好看。母亲个子矮，又有点发胖，这是中年油腻后的形象。年轻时候的母亲有张照片夹在烫金字的笔记本里，瘦削的脸上两只大眼睛满铺着忧伤的美，眉眼细节有点像那个叫梁咏琪的香港女演员。姨妈是瘦高的，一直瘦，精瘦的姨妈年轻时候特别活泼，又出生在所谓的大户人家，举止大约有了一些妙不可言的味道了。某年，看《北京晚报》刊发张学良的访谈文章，旁边配发了一张赵四小姐和张学良的晚年生活照，就觉得眼熟——姨妈长得可真像那位从来也不曾特别漂亮过的赵四小姐。也许，对男人来说，女人的容貌并不像想象的那么重要。

姨妈和旧金山舅舅出生时赶上外公的盛年。整个家族，外公行八。雄心勃勃、远近闻名的八先生，据说比《太平府志》里记载的那位御赐红翎的先祖还要才高八斗。八先生是乡绅，家设书馆，学生大多有出息。我工作后碰到的第一位高级领导竟然也是外公当年的学生，令人吃惊不小。马鞍山当时不叫马鞍山，叫当涂。当涂是整个太平府的行政中心，清雍正年间当涂成为安徽学政的驻地。当涂的隔壁是两江总督府衙所在地南京。再远点是上海。上海是清晚期以后发达起来的。旧时当涂人外出，最喜欢去南京。外公的两个妹夫当时都在南京政府做事，其中，陶家妹夫已经做到次长的要职。两位妹夫都是外公父亲的学生。外公单传，所以，外婆过门后一气儿生了12个孩子，以图壮大门庭。结果，活下来4个，其余8个前前后后由于各种各样的病死去，足见当时医疗水平很差。当然，也有人说外公后来鸦片抽得厉害，孩子们先天不足。

中国女人的生育能力是个奇迹。外婆一生十次生产，两对双胞胎，最小的那两个孩子是龙凤胎。"龙"自然集万千宠爱于一身，母亲是被轻视的"凤"。生这对双胞胎时，外婆热毒攻身，乳汁质量差。于是家中为"龙舅舅"延请了奶妈，着母亲喝外婆的乳汁。大家都以为母亲一定活不长。谁料，"龙舅舅"突然高烧不治，女孩虽然瘦弱可怜，毕竟长大了，日后甚至成为外婆挂心的小棉袄。

一年冬天，已经是"文化大革命"后大家可以自由往来的日子了，好像是正月，我从睡梦中被谈话吵醒。那些年，大概为了弥补之前多年骨肉分离的缺憾，每逢春节，妈妈的兄弟姐妹都要热热地聚上几天。那年，他们拖家带口在我们家聚会，人多，房子小，长辈们就围炉夜话，聊着聊着，声音大了起来。只听兆健舅舅粗着嗓子，恨恨地说："就是她，不听话，老跟王家来往，把妈妈活活气死了！"

兆健舅舅说这话时，被判气死自己妈妈的姨妈已经睡着，不能申辩。

　　兆健舅舅说的王家，是外公的大妹夫家，也就是外婆的大姑子家。比较起外公家世代书香，外婆娘家大概属于大街上恶霸老财一类。一代人有一代人的苦衷，外婆是个小脚女人，从有钱有势的城里嫁到乡下，并没有得势，或者说过得不大舒心。强势的小姑子和嫂子相处似乎不是很妙。在微妙的亲人间的争斗里，逐渐成人的姨妈受宠极了，像只花蝴蝶，是大家族的情感纽带和活跃分子。母亲说，姨妈早熟，喜欢也善于跟女性长辈打交道。从前，大家庭里用度大，大人孩子很少穿商店里的成品衣，从头到脚基本上都是自家妈妈或者街上裁缝的手艺。姨妈天性灵巧，又经外婆严格训练，一应家务活都拿手，女红尤其出色，颇受大家器重。比姨妈小十岁的母亲就没这么幸运了。母亲出生时，外公已抽上万恶的鸦片，身体毁得厉害，没等解放，就抛下一家老少先自解脱。外公病故前，家中良田基本卖得差不多了。外婆是解放后的第六年，在自家老宅的门房里离开人世。外婆去世后，13岁的母亲成为孤儿，依靠哥哥姐姐接济生活。母亲没有童子功，后来所会的一点针线活，大约是生计所迫、无师自通。凑巧的是，针线活对我们刘家女眷来说也是弱项，母亲的那点三脚猫功夫在婆家居然被称赞。姨妈听闻非常吃惊。姨妈心中，妈妈大概永是那副笨手笨脚的小模样。母亲于姨妈，是妹妹，也似女儿，外婆死后，母亲主要被姨妈照拂。母亲的笨被姨妈的巧衬托出来。

外公去世前夕，姨妈嫁给以浪荡出名的丈夫——这个丈夫当然是长辈指腹为婚的后果。婚姻和家庭是旧式女人的全部，得遇良人，便是一好万好，否则一生打了水漂。今天的女人差不多亦如此。旧式婚姻又不由自主，完全靠碰运气。以姨妈当时的人才，第一个丈夫的德行当然不匹配，姨妈愿意过安稳的人生。好在人民政府主张婚姻自主，趁着有利形势，姨妈毅然决然提出离婚。半个世纪前的江南，传统势力之顽固要远胜别处，姨妈此举是见识，更是勇气。见识归功于自我教育，勇气则出自天性。姨妈的这份永不消逝的勇气，其后在不同的时期，以不同的形式，支撑着她。

1949 年初，国民党政府计划撤离南京，迁转广州。陶家姑婆手里有几张机票，想带走娘家侄子，被外婆一口拒绝。男人不在了，女人家要自己拿主意。当年，看着意气风发的大舅舅，看看尚未成年的小舅舅兆健和年幼母亲，外婆决定更信任自己的娘

176

家，把未来筹码全部赌在自家哥哥身上。不料，还没解放，这位哥哥因命债在身潜逃至东北深山老林，六七年后被揭发和枪毙。这六七年间，外婆的这位胆大包天的哥哥还娶了位太太，生了几个孩子。半个多世纪过去了，音信杳无，母亲家的这一支血脉是风筝失线，失落在东北大地上。

陶家一家和王家姑爹最终去了台湾。陶家刚出生的二儿子、王家姑婆和她的三个儿女留了下来。大舅舅与南京表弟从南京出发，随解放大军南下，落户在云南文工团。日后不久，表弟成为大舅舅的大舅哥。上世纪 60 年代，陶家从台湾举家迁到美国夏威夷，后来去了旧金山。70 年代中期，中美恢复邦交没两年，陶家姑婆病重，想念大舅舅。在父亲的帮助下，刚刚脱掉右派帽子的大舅舅，拿着探亲签证，渡过重洋，去探望分别了近三十年的亲人。姑婆去世后，陶家姑爹念旧，希望大舅舅留在旧金山陪伺他。大舅舅这一留就是近四十年。

带着儿女坚持留在大陆的王家姑婆倒是活了很久。我见过这位姑婆，这位现实版的王熙凤。

王家姑婆晚年总是一个人端坐在大屋子里，长脸，说话很轻，不怒自威。儿媳妇老实，端茶送水，恭恭敬敬。我们小孩都怕她，绕着她走。鲁迅写他的曾祖母一个人坐在黑暗中，淘气的孩子爬上膝盖拽一拽头发，也不生气。我们这位姑婆，是没有哪个孩子有胆量爬上她的膝盖的。只有姨妈例外。姨妈与王家姑婆一见面就叽叽咕咕，老人家偶尔还会笑得前仰后合。一人一命，大小姐出身的王家姑婆，前半生被人伺候，后半生为了生存，施与别人难以想象的痛苦和折磨，自身想必也经历了难以想象的痛苦和折磨。当年她为什么不愿随夫去台？在她和姨妈的交谈里，也许有一些秘密可以共享。王家姑爹去台后再无音信，两岸"三通"了，传来的消息是人已去世。凝望那端坐俨然的背影，王家姑婆的内心世界，我们永远无法懂得。

老式人家礼多。母亲回娘家，也会给王家姑婆送去礼物，但很少与她交流。以至于很长的时间，我都以为那位威风凛凛的老太太是母亲家的老街坊。外婆最痛苦的那些日子，年幼的母亲都看在眼里。母亲说，王家的儿子经常在外婆正吃着饭的时候大喊："陈师娘，你出来！"陈师娘就放下饭碗，跌跌撞撞地去拿纸糊的高帽子。某种程度上，外婆的确是被王家人气死了。母亲说，由于外公抽鸦片，外婆投资不当，家里早已破产，除了一些字画文玩，并无多少浮财。起初，外婆生活还很正常，在云南工作的大舅舅也来信说准备转业回家。但接着就不对了。当时号召打地主分浮财，率先跳出来，喊得最凶的，不是别人，正是嫡亲的王家姑婆和她的两个儿子。特别是那位老大，因为表现积极，当了队长，整天喊着批判陈师娘。陈师娘就是外婆，他的舅妈。外婆住了半生的老宅，现在住着王队长一家。小脚的外婆和她的小女儿挤在老宅的门房里，一会儿被王队长勒令坐"喷气式飞机"，一会儿去扫街。这位王队长明明亲爹就在台湾，有更严重的海外关系，能够神奇地当上了队长，还分了外婆的房子。用了什么高招？就是拿外婆当替罪羊，转移视线。现在想想，王家姑婆教唆儿子这么做，一是为了撇清关系以求自保，另外也因为其内心大约从未把外婆当作亲人，从施虐中获取快感。总而言之，亲人间的背叛，比不相干的人的虐待更具杀伤力。奇怪的是，姨妈跟这位姑婆的关系始终很亲密。王家姑婆将近90岁才无疾而终。这期间，所有关于姑婆的消息，都是姨妈讲给我们听。小舅舅兆健对此尤其不满。

外婆去世后的第三年，母亲去外地读书，体检时体重不足50斤，差点被招生办拒之门外。此后又过了将近二十年，母亲才带着她的丈夫和孩子，再次见到自己的哥哥姐姐。

母亲的两个哥哥年轻时相貌酷肖，不熟悉的人往往会认错。兆健舅舅要瘦一点，高一些。除了姨妈，母亲70岁后的模样跟哥哥们也很相似，兄妹俩簇拥在沙发上，竟然像老哥儿俩，DNA遗传的顽固性可见一斑。晚年的兆健舅舅佝偻了，皱纹深刻，比旧金山舅舅还显苍老。旧金山舅舅是全家精神核心，我将另著文记述。

在母亲的亲人中，我第一个见到的是兆健舅舅，其次才是姨妈。

1977年，这个日子，不会错。这年，这个叫刘琼的小姑娘7岁，基本是个文盲，被祖父母坐船坐车送到小城。父母在小城工作。小城真小，生活在这里的人互相知根知底。小到拎着一个印着大红牡丹的水瓶去荷花塘的老虎灶冲开水，去老虎灶的那条青石板路刚刚下完雨，滑了一跤，壶碎了，还没回到家，小孩子的耳朵里似乎已经传来了母亲怒气冲冲的训斥。当然，这只是小孩子的想象。母亲那个时候虽然年轻，但脾气极好。母亲姓陈，单位里的人都喊她小陈或陈阿姨。喊"陈阿姨"的那个新入职的姑娘其实比母亲小不了几岁。从前人为了表示尊重，会伏小做低，明明是弟——会称兄，明明是同辈——会尊称长。年轻的小陈或陈阿姨长得好看，当然，最主要是性格温和。母亲和婆家的关系一直很亲密。我们老刘家这一支明末从江西南昌迁徙到安徽，又经数次调整，定居在水泽之乡芜湖。外来户通常有危机感，凝聚力较强，老刘家人日常往来因此比较频繁。乡下人简单，有时候不太讲礼，当然，通信也不发达，往往中午十二点下班，母亲急急忙忙从单位赶回家，刚煮好饭，对门奶奶一声"小陈，又来客人了"，走进来三五个在城里办完事的亲戚和亲戚的朋友。特意为孩子们长身体准备的一小碗红烧鲫鱼，瞬间成了客人的下酒菜。母亲脾气好，小孩子不高兴了。母亲通常还会差我们去机关大院外的卤菜摊，斩上三两块钱的红鸭子。卤鸭分红白两种，卤汁卤出来的是白鸭子，红鸭子指烧鸭。那家卤菜摊的红鸭子皮脆肉嫩，特别出名。要是赶上吃早饭，我们就得端着搪瓷缸去马路对面的荆江饭店买两屉小笼包待客。回回如此。亲戚们都夸奖母亲贤惠。贤惠，大概是小地方人对于女性的最高评价了吧。父母是双职工，工资低，花销大，记得每到月中，母亲便悄悄去找管劳资的陶奶奶预支下个月工资，所谓寅吃卯粮，实在因为入不敷出。这样的日子里，我们最盼望祖父母来家。祖父是离休干部，工资高，父亲又是独子，祖母格外溺爱父亲，每次祖父母来看我们，几乎就是整个副食品公司上门服务，各种时令鲜货如菱角、荸荠、甘蔗、粽子，等等，一应俱全不说，还有清早刚从屠宰场买来的猪里脊肉和各种下水，从"出入风波里"的小渔船上趸来的成袋活鱼。豆腐坊女儿出身的祖母，厨艺是出了名的好，一把普通小青菜都会炒出滋味来，面对嗷嗷待哺的几张嘴，更是使出浑身解数，顿顿变出花样。祖父母来家的日子，是小孩子的节日，不仅口腹之欲大大满足，因为有祖父母的依仗，父母对我们的管教也会适当放松。可惜，不等自带干粮吃完，祖父就说要走了。母亲一定是苦苦挽留，小孩子也眼泪汪汪。这种情况下，往往是祖父先走，祖母再单独留下来住上半个月。待到祖母要走时，祖母自己先就不舍、流泪，临行前还会给每个孩子都留下零花钱。如是，在孩子的错觉里，只道我们兄妹是祖父母疼、祖父母养。

与祖父母如此相亲的一个客观因素是，很长时间里，我们只能感受到父亲家族的亲情。从我们生活的芜湖到母亲的娘家当涂，直线距离不足 80 公里，9 岁那年，我才第一次见到母亲家的亲人。

能够见面的确切原因已不记得。在此之前，主要是不能见面的日子，母亲与她的哥哥们似乎断断续续在通信。一个人关于语词的记忆特别偶然。比如我，第一次知道"唇亡齿寒"这个词，只有八九岁，是无意间在忘了上锁的抽屉里看到兆健舅舅写给父亲的一封信。兆健舅舅信中先是热情洋溢地夸奖了一番父亲对于母亲的多年照顾，说我和你的关系现在是"唇亡齿寒"，今后要多联系、多关心，等等。大意如此。文绉绉，新鲜，好奇。

　　第一次见面是1979年的冬天。那年冬天，南方奇冷。对于我，这次见面是悲惨的记忆。大年三十的黄昏，雨雪霏霏，父亲母亲领着我们兄妹，背着特别沉重的年货，一路换车，最后停在了采石矶。李白的叔父李阳冰在当涂当县令，李白一生七次来此并终老青山，青山李白墓迄今仍是文人雅集之地。可惜，美丽的采石给我的第一印象，是泥泞和严寒。父亲母亲拿着一张写着地址的字条到处问路，夜幕下，行人越来越少。已是掌灯吃年夜饭的时分，近处远处的炮仗稀稀拉拉地响着。哥哥牵着我的手，深一脚浅一脚走在后面，又冷又饿。寻找还是无望。兆健舅舅婚后定居的这个地方，可怜母亲大人也是第一次来。我哭了，不肯继续往前走。娇气，任性，这一场哭泣后来成为哥哥笑话我的主要把柄。总而言之，这一场艰难的寻找最终结束在深夜。就在父亲和母亲都快绝望之际，竟然邂逅小舅舅兆健家的一位邻居，他从外地回乡。热情的邻居直接把我们送到兆健舅舅的面前。通信设备不发达的年代，兆健舅舅的后院里，一大家人正一筹莫展。见到素未谋面的妹夫和孩子，桀骜不驯的兆健舅舅一把抱起还在哭泣的我，傻呵呵地笑了。这时候，从后院走出来一群女眷。那其中就有姨妈——姨妈自然是最醒目的女性。具体的细节忘了。姨妈反正流泪不止。姨妈的能干和气质像探春和史湘云的结合，她的善良却是李纨式的善良和柔软，因此，就连气死外婆的王家姑婆也能在她那儿获得友谊。面对二十年没见的小妹妹，姨妈百感交集。姨妈一生豪爽大方，是日常生活里的女侠，与母亲感情又极好，见到我们这些侄儿侄女，恨不能把口袋里的钱都掏出来当压岁钱。姨夫在一旁尴尬地笑着。母亲敏感，坚决地制止了姨妈的豪举。

母亲小资，早就托人从上海捎回各种图案各种质地的漂亮手绢，这会儿从行李包里拿出，一一分送给表姐们。男孩子们当时是什么礼物，我忘了。多出的两块最后悄悄地塞给最小的英表姐。她不知何故，正噘着嘴生气。这位爱生气的英表姐，我们后来都叫她气表姐。气表姐成年后陷入传销陷阱，差点把命给丢了，这是后话。夜深了，小舅舅端着酒杯一饮而尽，说："我们一家终于团聚了！"

我已是一个男孩的母亲后，母亲和父亲有次当着我的面谈起姨夫姨妈，起了纷争。母亲说姨夫不配姨妈，父亲坚决不同意，说姨夫当时娶姨妈，是姨妈的高攀。

姨妈的前两次婚姻是我们家的秘密。长到 30 岁，我都以为姨夫是姨妈的原配。老中专生的姨夫爱计较，姨妈恰恰格外大方、大气，两人性格反差巨大。小孩子都喜欢大方的人。我认识姨妈的时候，农民出身的姨夫在市机关工作，城里分了房，姨妈这位前大小姐还是愿意回乡务农。她可真能干，也爱干活，完全是劳动妇女的麻利和勤劳。干完农田和菜园的活，姨妈在自家的客厅开辟了一个小小的杂货店。我第一次到姨妈家，就被这个微型杂货店摆放的各式糖罐深深地吸引。姨妈大方，村民来店里打酱油、买火柴，喜欢赊账。村民收入来源大多很少，有的人赊到最后，还不起账，就开始赖账。尽管是这样，姨妈还要抓两颗水果糖，硬是塞到那位抱在怀里的小妹妹的手里。一年结算下来，杂货店连本都收不回来。当会计出身的姨夫不高兴了。这个店开还是不开，成为他们家常年吵架的源头。"傻大方"，是姨夫给姨妈判定的罪责。姨妈不傻，姨妈就是大方，加上脸皮薄，她拉不下脸来跟人要债。另外，必须承认，在泼辣这点上，姨妈真是不及一般劳动妇女。乡村社会，红白喜事应酬多，应酬在于来与往，姨妈的"往"总比"来"的标准高。原先村民收入少，姨妈这种大方还可理解。最近这些年，这个地方开矿山、修机场，村民手头有钱了，还是这样的往来模式。姨夫当然不高兴了。宅心仁厚的姨妈眼里，大约人人都很可怜。别人稍稍哭下穷，她就信了。

姨妈总是吃各种亏。姨妈家的隔壁住着姨夫的父母和弟弟一家。两家一墙之隔，但往来不多。热情大方的姨妈，与普通邻居反而出出进进来往频繁。年幼时对此很不理解。后来知道，当年姨夫娶姨妈，不是没有压力，而是顶着巨大的家庭压力和社会舆论压力。就拿兄弟两人联合建房来说，按理应该一家一半集资，父母开口了，说弟弟收入不及哥哥，哥哥应多出。分房时，至少一家一半吧，反而是弟弟比哥哥多分一间，理由是父母跟他们同住。长子为大，姨夫是长子，习俗上长辈应该跟姨夫住，但公婆拒绝了。没说理由，大家心中明白。姨夫跟姨妈结婚，姨夫的父母对这位结了两次婚的儿媳是千般万般地不满意，万般千般地反对，无奈儿子坚持，老两口没办法，儿子终归是儿子，他们最终是把鄙夷和冷淡毫不掩饰地撒到姨妈的身上，甚至殃及孙辈。他们不仅嫌弃姨妈，还嫌弃姨妈跟姨夫生的三个孩子，这使姨妈愤怒和痛苦。在传统中国社会，因为联系密切，婆媳矛盾是常有之事，有智慧的丈夫会调停双方，大事化小，小事化了。我的这位年轻又帅的姨夫结婚时颇有勇气，但结婚后对家庭关系的复杂性既缺乏充分的预料，又缺乏化解智慧，于是家庭关系越来越复杂，大家庭失和，小家庭也失和。姨夫姨妈的性格反差显示出来，作为男人的姨夫，在姨妈眼里的分量越来越轻，越来越无法依靠。再强势的女人骨子里都是柔弱的，都需要爱人呵护，何况是姨妈这样命途多舛、曾经经历过甜蜜爱情的女性。一腔热血或者是被爱情迷惑的姨夫，走入婚姻后，忘了一个基本事实：对于一个社会，家庭是独立的政治单位，婚姻是经济关系，也是政治关系，夫妻是命运共同体。生活的压力全部叠加到姨妈一个人身上。与公婆不和时，姨夫又常常指责姨妈。两个人的矛盾越来越深。姨妈那张曾经欢脱昂扬的脸渐渐地就垂了下来。

尽管百般不易，姨妈这一生的主要时光还是都贡献给了姨夫。

待到我稍稍解事，姨妈和姨夫的家庭矛盾已尽人皆知。小姑娘喜欢瞎想。有时候，我就想姨妈要是嫁给一位温和的姨夫，会是什么样呢？

姨妈会是什么样呢？从母亲和长辈们的嘴里，姨妈的前尘往事渐渐浮出水面。

姨妈的第一次婚姻解体，姨妈占主动权。姨妈离婚得到大家支持。这次婚姻，没有给姨妈留下任何负资产。

姨妈一生最幸福的时光，是第二次婚姻期间。那是姨妈最好的年华，恰当的时候，遇到了恰当的人。然而，最好的年华最短暂。外婆去世那年，姨妈的第二个丈夫跳楼自杀了。

母亲讲这一段的时候，正是月圆的夜晚。好像还是中秋节。我们家有拜月亮的传统。每逢中秋，母亲总是当窗摆好桌子，放上四碟供品：石榴，苹果，菱角，月饼。那一年，应该还在读研，我从杭州回到芜湖过中秋。夜深了，一边嗑着菱角，一边聊天。母亲开始不把我当小孩了。母亲叹息，说姨妈的命真薄啊，明明很出色的丈夫，明明很恩爱的夫妻，何况女儿出生刚刚一个来月，怎么就会去跳楼呢？据母亲描述，这位姨夫文质彬彬，脾气特别好。母亲说这话时，潜意识里一定在拿后来的姨夫作比较。

　　脾气特别好的第二位姨夫去世时才 26 岁。1957 年"反右"，这位书生气很浓的姨夫起初很积极，带头揭发别人，没想到扩大化的战火很快烧到自己头上，想不通，一头从楼上跳了下来。姨夫死的那天，正是夏天，南方夏天的雨又急又大，持续了整整一天。傍晚时接到消息，只有十来岁的母亲，陪着可怜的姐姐去太平间看死去的人。母亲说她怕极了。母亲说这话时，我的毛孔仿佛也竖了起来。姨妈当时还在月子里，姨夫的消息传来时孩子正发着烧，不久后，也死去。这是姨妈的第一个孩子。老天似乎跟她开了一个玩笑，瞬间把一切都剥夺了。滂沱大雨不停地下，天都下漏了，姨妈的眼睛也哭漏了。哭了整整一个夏天的姨妈，坚强地活了下来，只是沉静了。她的幸福仿佛正在离她远去。

　　母亲讲这一段的时候，也是我的一位平素安静内敛的男同学突然跳楼的第二夜。他死后，我们在他的宿舍里发现了写满字句的纸张。这位黑龙江北安考来的男同学，内敛，安静，内心酝酿着巨大的火山。若干年后，也是这样的季节，我的一位年轻有为的男同事从六楼跳下。死是一个人的权利，姨夫以那种决绝的方式离开人世，是姨夫的自由。对于姨妈，却是永久的伤害。这么多年来，姨妈很少谈及这位姨夫。只有一次，她跟母亲聊天，聊到人性，她说："那个人的性子太软。"这么多年过去了，姨妈的话里还带着不能释怀的恨，她是恨他不陪自己度过漫漫人生，恨他把没有办法了却的思恋和痛苦留给生者。尊严是男人的生命，尊严有时不过是巴掌大的事情，在女人看来。

"心比天高，命比纸薄"，是中国古典小说《红楼梦》对林黛玉、晴雯、妙玉这类女性命运的提炼。追求爱情和婚姻自主的姨妈，挑来挑去，挑到第三位姨夫。

母亲偶尔抽空带我们去看姨妈，姨妈特别高兴，在那张有着踏板的旧式大床上，姐俩常常要絮叨到天亮，睡在隔壁的姨夫是姐俩永远不变的话题。姨妈的无奈也像岁月一样永远不变。中国式的劝架劝和不劝离，母亲也如此。我在脚头听个一鳞半爪，睡着了。

心高的姨妈，与姨夫磕碰了一辈子，终是把日子过了下来。姨妈 50 多岁的时候，公婆去世了。姨夫跟姨妈也吵不动架了。公婆去世后，姨妈的第一个举动，是把乡下的住宅跟隔壁小叔子家彻底地切割开来，往后退了五米，圈了个独门独户的院子，盖了栋小洋楼。有段时间，可能是姨夫刚退休那几年，前庭后院住满了大大小小各种植物。被姨妈伺候了一辈子的姨夫，开始殷勤地伺候他的那些花儿草儿、盆儿景儿。这些娇气的花木在姨夫的手里居然蓬蓬勃勃，花木都颇有姿色。一辈子，姨妈都没有这么清静过。花木葱茏的小院似乎有了点世外桃源的味道。

世外桃源的日子很短暂。先是小院原址被机场建设征用，后是姨夫突然倒下。

姨妈和姨夫住回城里。三室一厅的房子，空空荡荡，老两口终日面面相觑。一日早起，姨夫突然舌头就打结了。这是开始。接着，记忆崩溃，貌似精明了一辈子的姨夫就这样痴呆了。痴呆了的姨夫有一天上洗手间，坐在马桶上，就再也没有站起来。

想起1979年那个冬天的夜晚，姨妈掏钱姨夫尴尬的笑，想起更多充盈日常生活的来来往往，想起姨夫年轻又帅时的热情。姨夫很高，也瘦，肤色白皙，即便是年老痴呆后也还干干净净。姨妈嫁给姨夫，也一定感受过爱情的欢愉。姨夫走了，我们都为姨妈松了口气。这是我们的私心。姨夫这辈子大概连一个碗都不曾洗过，姨妈像伺候孩子一样伺候着姨夫，不包括各种责难。姨夫走了，姨妈应该彻底轻松了。姨妈的腰从来都是直直地挺着，70岁的时候，从远处看，背影还像个少女。姨夫去世后，姨妈的腰开始佝偻。母亲担心，邀姨妈来京小住。姨妈答应了。冬天推到春天，春天推到夏天，这个夏天应该可以成行了。

突然想起一个遥远的细节。也是一年春节，大家聚在一起包饺子，不知为什么，姨妈就摸着我的手对母亲说："这丫头贵人命。手指又长又圆，手掌还那么绵软，有肉。"当时正在学汉乐府诗《孔雀东南飞》。从芜湖坐轮渡渡过长江，就是庐江府。庐江府小吏焦仲卿妻刘兰芝的故事那么悲惨没记牢，记牢的反倒是"腰若流纨素，耳著明月珰。指如削葱根，口如含朱丹。纤纤作细步，精妙世无双"这几句。中学生一边背书，一边相互比较，看看到底谁是"指如削葱根"。我先自颓了。不想，这被嫌弃的绵软有肉的手，在姨妈眼中竟是"贵人"。许多年过去，姨妈当时惊喜的模样又还原到眼前。姨妈自己"指如削葱根"，是标准美人手，但她好像并不满意。

《孔雀东南飞》里还有几句我也喜欢，它是"枝枝相覆盖，叶叶相交通。中有双飞鸟，自名为鸳鸯，仰头相向鸣，夜夜达五更"。

（原载《雨花》2018 年第 1 期）

11

给流浪的母亲

◎李娟

归来

（母亲走近家门的脚步声，每一下都踩在深深的时间里
面……）

妈妈，你夜深了才回来，我们仍醒着等你。我们趴在窗户

上，一张张小脸紧紧地贴在窗玻璃上看着你的情景，让你一生都忘不了。你还没跨进家门，就急忙从衣袋里掏出糖果。我们欢乐地围上去，你便仔细地把糖果给我们一一均分，我们高兴得又跳又叫，令你欢喜又骄傲。我们七手八脚给你端来烫烫的洗脸水，给你热饭，围着你，七嘴八舌抢着问你城里的事情。很晚很晚了，但是因为兴奋，我们谁也不能入睡。后来你终于拧熄了马灯，房间一片黑暗。你深深地躺在黑暗里的角落中，想起当自己还走在更为黑暗的归途中时，因远远看见了家的那粒豆焰之光，忍不住加快了脚步……你入睡了。但是睡了不久又惊醒。你梦见自己又一次走进院子，一眼看到我们紧贴在玻璃后面的——那一张张令人落泪的——无望而决意永远不会改变的——狂盼的——面孔……

妈妈，你十天后回来，看到家里的小鸡明显地长大了许多。原先每天拌半盆麸皮和草料喂它们的，现在非得拌两盆不可了。你趴在鸡圈栅栏上，吃惊地看它们哄抢饲料。你衣服上的扣子掉了一个，衣襟和袖口很脏很脏，你的裤子也磨破了，你的鞋尖上给脚指头顶了个洞出来，露出的袜子上也有洞。你的头发那么乱，你的脸那么黑，你的双手伤痕累累……妈妈，你去了十天，这十天你都遇到了什么样的事情呢？这十天里，你似乎在那边过了好多年……家让你亲切又感激，你摸摸这里，看看那儿，庆幸自己不曾永远离开过。于是你在外面受的苦就这样被轻易抵消了。你拖把小凳坐下来，满意地叹息。

妈妈，你十年后回来，看到一切都还没有改变。同你十年前临走时回头看到的最后一幕情景一模一样——我仍在院子里喂鸡，手提拌鸡食的木桶。你心绪万千，徘徊在门外不能进来。你又扒在门缝上继续往里看，我不经意回过头来，我旧时的容貌令你一阵狂喜，又暗自心惊。我依稀听见有人低声喊我，便起身张望，又走到门边，拨开别门的栓子，探头朝外看。你不知为什么，连忙躲了起来。妈妈，这十年来发生的所有事情，好像全都集中发生在昨天。你回来了，像从来不曾离开过似的。傍晚的时候，你挑着水回家，我从窗子里一下子看见了，连忙跑出去给你开门。恍然间就像多年前一样熟练地迎接你。然后我呆呆地看你挑着水熟悉地走向水缸，把水一桶一桶倾倒进去。这时，一直躲在我身后的孩子突然叫我"妈妈"，你立刻替我答应，回过头来，看到我泪水长流。

妈妈，你五十年后回来，我已经死了，你终于没能见上我最后一面。我的亲人们围着我痛哭，但是你一个也不认识。而他们中也没有人认识你。但是他们可怜你这无依无靠的流浪老人，就给你端来饭食，然后再回到我的尸体边哭。后来他们把我安葬。你远远地看着，感到所有这一切似乎都是你自己一个人想象出来的情景。你把一场永别进行了五十年。你看，你本来有那么多的时间的，可是你却不愿意拿出一分钟来和我待在一起。你宁愿把它们全部用来进行衰老。妈妈，你很快也要死了。你用你的一生报复了谁？

　　妈妈，你一百年后回来，那时我又成为一个小孩子了。我远远地一看到你就扔了手中的东西，向你飞跑过来，扑进你怀里大哭。妈妈！我一世的悲伤，非一个孩子撕心裂肺的哭喊而不能表达……妈妈，请带我走吧……请和我一起后悔：当你还年轻，当我还年幼，我们为何要放弃有可能会更好一些的那种生活？……妈妈，更多地，我只记得你的每一次离去，因此更多地，我终生都在诉说你的归来。

呼唤

（……母亲默默无语，扭头就走……）

妈妈，你把我深深埋进大地。等了几十年，仍不见我发芽。你对着大地呼唤，又掘开大地，却怎么也找不到我了。你四面搜寻、挖掘，开垦出一片片湿沃的土地。这时春天来了，你便在这片土地上播撒下种子。

妈妈，你是一个丰收的母亲，你是一个富裕的母亲。你的粮食，喂养着经过这片大地的所有流浪者，使他们永远停留下来。他们中有很多人深深地爱慕你，夜夜梦见你健康的身子和你微笑的嘴唇。到了白天，他们就远远地看你。当你走近，又远远离你而去。

妈妈，你是母亲，所以有着母亲才有的纯洁眼睛。你以这样的眼睛打量世界，以母亲才有的想法揣测世界，以母亲的心伤害每一颗深爱你的心。你是母亲，你的灵魂有着母亲才有的天真。

妈妈，被你埋进大地的，只是我死去的骨骸，而我活着的部分，被你埋进了记忆——我并不是消失了，只是被你忘记了啊……每当你偶尔想起了些什么，也只是想起了过去岁月里隐隐约约有过的一些欢乐。你反复对人诉说关于我的事情，说着说着停了下来，渐渐不知自己在说些什么——你说着我过去的事情，却不知道我是谁……你努力回想，落下泪来，使你周围那些爱着你的人，纷纷不知所措。

妈妈，你的家园，在大地上，而不是在天上。但你常常站在浩荡无际的金黄麦地中央，长久地仰望蓝天。妈妈，因为你是母亲，你总是心怀希望。你是母亲，你总是更为欢乐。

你如迎接一般，欢乐地奔跑过大地。跑着跑着，就跑到了天上。所有人在下面喊你，你一边答应一边跳下来，可落地的只有衣服。他们四处找寻你，你也跟在他们中间四处奔跑。

你们一起跑过大地——

一起看到日出——

一起欢呼——

……

妈妈，你就是在那时怀孕的。你悄悄离开所有人，一个人走进深深的麦地分娩，一直到秋天还没有出来。秋天，这片麦地获得了前所未有的大丰收，所有人兴高采烈地从四面八方进行收割，收割下来的麦穗垛成了高山。收割完了的麦茬地也仍以丰收才有的壮观，空空荡荡地浩荡到天边。

那时候，所有人才发现你真的不见了。他们想到，你可能是去找我去了，你可能已经找到我了。你可能正在那个找到我的地方，和我一起重新生活。他们就悲伤地过冬，悲伤地进入以后的岁月。那堆山一样高的粮食，让他们吃了很多年，一直吃到老为止。他们老了以后，有的人死了，有的人走了。大地恢复了最初的寂静和空荡。

这时，我才回来。

我回来了，妈妈。我一遍一遍地敲门，又走进荒芜的土地四面呼喊。夕阳横扫大地，一棵孤独的树遥遥眺望着另一棵孤独的树。妈妈，你到底在这里种下了什么？使这片土地长满了悄寂与空旷……一株一株的粮食，只作为一个一个的梦，凌驾在一粒一粒的种子之上。这是一片梦境茂密的地方！妈妈……我回来了，我坐在家门口等待。夏天有片刻的雷阵雨呼啸而过，秋天会有人字形的雁群飞过蓝天。

我坐在家门口，慢慢地记起过去那些无数个相同的日子里，曾有人在每个清晨满怀植物，向我走来……那些过去的日子，每一天都如此漫长，每一天都远远长于我的一生……妈妈，我还是回来了。

　　我曾走进森林，差点在里面永远迷失。森林里每一片叶子都在以绿色沦陷我，它们要让我消失。它们在夜里，在近处，对我说：成为一棵树吧，你成为一棵树吧？……清晨我便发现脚下生出了根……妈妈，我曾在那片森林里生长多年，春夏秋冬地枯荣发谢，我以为一切已到此为止，但是听到你喊我。

　　我曾走过冰封的湖泊，听到鱼在冰层下深处的水里静静地转身。我长久地站在那里，也想要转身……但一转身就迷路了……已辨不清天空悬挂着的那枚圆形发光体究竟是月亮还是太阳。我又走了很久，患了雪盲，什么也看不见了，于是湖便在我脚下悄悄裂开冰隙。我欲要往前再走一步……但是听到你喊我。

　　我曾有过自己的孩子，我守着他们一日日长大。黄昏呼喊他们的名字，唤他们回家吃饭。我喊呀喊呀，后来眼睁睁看着他们循另外的呼唤跑去了，我喊错了吗？我是在喊谁呢？脱口而出的每一个字，都冰冷如铁……这时妈妈，你喊我的声音清晰地响起。

在我弥留之际，还是你的声音，让我最后一次睁开眼睛，看清前来的人是谁……看到他终于第一次为我落泪……妈妈，沿着你的声音，我最后一次闭上眼睛。

我的一生！都在你的呼唤声中挣扎！妈妈，我奔跑在大地上，浑身湿透，气喘吁吁。我双脚磨破，面貌明亮。我侧耳倾听，环顾四望……妈妈，最终，我却被你的呼唤带到另外一个人身旁，去见他最后一面……然后孤独地回家，回去的路程，耗尽我的一生。

妈妈，其实，你呼唤我的声音，我从不曾真正听到过……只是"感觉"到了而已——我感觉到除我之外的整个世界都听到了！并且都正在长久地倾听。我俯在大地上，贴上耳朵，听到万物应那呼唤而去的足音——蓬勃、稠密，它们长出地面，头也不回。一直长到秋天，又应那呼唤而凋零、枯亡。

整面大地，都倾向你呼唤传来的方向。所有的河流，都朝那边奔淌。

鸟群顺着去向那里和离开那里的路，往返一生，什么都知道了……

四季也沿此循环，永无结果。

星座朝那里的地平线一日日沉落。我们孩子的眼睛，年复一年，往那边看。

风往那边吹。我们开垦的土地，一年一年往那边蔓延。

我们日晒雨淋一生。我们的房子，全盖在了那里。我们终生爱慕的人，在那里一直年轻。

戈壁滩在那里森林遍布，河流纵横，群山起伏。

所有的道路，为了抵达那里，从不曾停止过延伸。

所有的日子，过着过着，全向着那边一天天消失。

老人们为此衰老，孩子为此悄悄成长。

我和他走在大地上，为此约定爱情的事……后来，又为此，绝望反悔。

曾有人，为此不止一次地死去。如今他在离我不远的地方沉默着生活，什么也不肯说。

……

——而我，妈妈，我听了又听，泪流了又流，无论我听到什么，我同样，也不会说。

……可是妈妈，人们所知道的仅仅是：你终生沉默。

却不知，在距离你的沉默无比遥远的地方，你呼唤的声音，正怎样兀自行进在寂寞漫长的途中，至今什么也没能找到。

你曾对着一株植物一声声呼唤，它毫无办法，最后只好开出花来。你继续对着那花呼唤，那花也毫无办法，最后只好凋零。

你曾在河边呼唤，你每喊一声，河便拐出一道弯来回头看你。于是每一个经过这片大地的人，都会惊讶这条河为什么流淌得如此曲折，反复迁回在这片大地上，徘徊着不肯离去。

你曾在夜里，在枕畔，以喃喃低语呼唤，却把他唤醒。他伸出手激动地拥抱你。他几次想摇醒你，想对你说出一件事情。但又想：再等一等吧，等到天亮再说……天亮了，你死了……

妈妈，即使你死了，你呼唤的声音，仍然还在通向我的途中继续流浪着……你呼唤我的声音，去到过多少遥远坎坷的地方啊！这些年来，它都喊住了什么呢？它的路比你的路更为艰难吧？前程莫测……等终于有一天赶到我面前时，会不会已认不出我来了？那时我面目沧桑，白发皤然，令它犹豫不决，怎么也不肯相信我来自童年……当它停在我面前，会不会突然发现了什么……

妈妈，其实这些年来，你所呼唤的，只是我的名字，而不是我啊……妈妈，其实我加于你的孤独，远不及这片大地加于你的孤独。

其实在这片大地上，你是最贫穷的母亲，其实你连孩子都不曾有过……你离开所有人，独自走在深蓝高远的天空下，你连去处都不曾有过。你走进金色的麦地，走了不远，扒开茂密的麦丛，看到我蜷卧在麦田中央，刚刚从一个长梦中醒来。于是你像一个真正的母亲那样亲吻我，抚摸我的头发，哭泣着劝慰我不要哭泣。

井

（……母亲突然记起一件往事，并为之不知所措，惊慌不已……）

一

妈妈，在我们这里，在这地底深处，有井。星罗密布的井。

一口一口埋藏在平静的大地深处，黑暗中涌动清洁冰凉的甘泉。妈妈，最后我们死于饥渴。

最后我离开了你，孤独地走向大海，高高站在海边峭壁上，放声痛哭！妈妈，我终于找到了水，却不能给你带回一滴……

——不能让这大海倾覆，一泻千里涌入荒莽的内陆腹地；也不能令这大海分开，让出道路，好让我离开得远一些，更远一些……不能使这海去得知一口井的事情……那是遥远地方的一口井，空空如也，陷没在荒野深处某个角落。后来渐渐填满沙石。井口野草丛生，上方飞鸟盘旋。

二

妈妈，再也没有井了，我们各自守着自来水龙头寂静地生活。一拧开，陌生的水喷涌而出，再一拧，水立刻停止。我们终于控制了水。

我们筑起大坝，我们使河流改道，我们开凿运河，我们人工降雨。妈妈，水到了我们这里，变得多么的平凡啊！水从龙头流出，从下水道消失——水龙头和下水道之间的距离就是水经过我们的全部历程……水在我们这里，是多么匆忙啊！

连河流都没有了。城市建立在下水道的迷宫之上，原本流淌着水的通道只涌动着阴暗的废弃物。我们一切的肮脏全交给水。我们在水上奔走，在盖着水泥板和沥青的街道上，清洁矜持地奔走，在透支和浪费之间奔走。日日夜夜，口干舌燥。我们四处奔波，终日劳作，没有时间休息片刻，没有时间停下喝一杯水。我们说：这是为了生存。可是，到了最后，生存所需要的，也许只是一杯水而已。

其实，妈妈，就在我们的身体中，遍布着河流。妈妈，每当我在这城市的某个角落深深地、疲惫地躺倒——夜色降临，又是一天结束了。我静听身体中淙淙汩汩，细流汇聚，一注一注地翻涌着，吞纳着，渐渐掀起惊涛骇浪……我泪水汹涌！妈妈，水在呼唤我，它仍然记着过去的事情，它字字句句提醒我：

要我同它一起流走

要我进入它的一滴走遍这片大地

要我沿着植物的根系去往春天的每一朵花，

再历经秋天的每一只苹果

要我在云端无边无际地飘，

在江河里没日没夜地流浪

然后要我进入大海，要我完全消失

最后要我去向大地深处黑暗地跋涉，

直到重回井中，

如重新来到世间一般在井底抬头仰望天空……

平静地微漾……

但是妈妈，再也没有井了。

妈妈，所有的井都被泥沙封填，掘井的人也被深埋井底，连同井水中寂静游弋的那条鲜红金鱼。妈妈，这片大地平坦坚硬，即将承受更为沉重的堆积。

水被汹涌引向更大容量的容器，夜以继日被密封在迷宫之中，缄默着接受我们随时随地的需求。

妈妈，水曾经是我们所知的最最威严的事物啊！但是妈妈，我知道，事到如今，它仍然还是。

三

妈妈，水容忍过那么多的事物，甜的糖，毒的砒霜，衣物的污渍，溺死的身躯。水又消解过那么多的事物，让沉浸其中的一切慢慢沉淀、溶化、消失……水到了最终仍然是透明洁净的。

而我们越来越衰老了，不能消化最柔软的一块食物，不能化解一点点伤心和恨意。我们满腹心事、步履蹒跚。妈妈，水只是经过了我们的身体，却从来不曾经过我们……而我们需要水却远甚于我们的身体需要水！

尤其是，妈妈，我需要水远甚于你需要水……

在很久很久以前，妈妈，你倒在辽阔的大地上，奄奄一息。我四处去为你找水，后来终于找到了。我以双手掬水，徒步千里，去给你喝。但你看到的却是我已双手空空，便叹息着闭上眼睛。后来我用这空空的双手在你旁边为你挖掘坟墓，却掘出一眼清泉。

再后来，我一个人继续去寻找我的父亲。他已经离去多年，临行前只带走了一瓶水。我去找他，找遍了大地，却只找到那个空瓶子。他此刻正在世上受着什么样的苦呢？

我从大地上拾起那只瓶子，翻过来，已倒不出一滴。

妈妈，更多的时间里我挥霍着水。有人曾许我以万千承诺，用江河，用海洋，用倾盆大雨，使我浑身湿透……我也曾答应过他，当他归来时，我一定要使这片大地重新纵横河流，汇聚湖泊，让冬天下雪，让夏天下雨……可我但愿他永不归来！当他归来，只会看到，我已老去……

只会看到，这片大地仍旧干涸无边。

我曾以年轻的身体承受着这一切。那时我浑身充满了液体，我笑的时候，笑声也在湿答答地渗水，我哭起来更是汪洋一片。看到我的人，只能看到无边无际的、明晃晃的水域。我跑过原野，大声地说：你来，你来，你来啊！

可到了最后，我一个人流着泪远远走开了。一路上遇到的人都想把我喊回来。但他们只是张了张嘴，却不知我叫什么名字。他们目送我远去，看到我的脚印湿漉漉的，过去了很多天都没有干掉，过去了很多年仍没有干掉。后来他们中有一个人循着脚印去找我。但在回去的路上，这些湿脚印突然干涸，全部消失，令他永远迷路。

四

妈妈，这些年来，我追逐着水，走了那么远的路，鞋底磨穿，一无所有。却从没想到就在身边的地方挖一口井，向下抵达一处深度，坐等水来。

妈妈，其实，水什么也不曾理会过，除了"等待"。再遥远的等待它也能感觉到，它会自己从地底深处摸寻过来，像黑暗中一根手指缓缓伸过来。

而井是大地的创伤，是大地被打开缺口的地方。水从井中涌出，如同血从伤口流出。妈妈，其实水是最疼痛的事物，一滴水落地后迅速渗入泥土的情景，看得令人心魂破碎。

妈妈，这些年来，我以水的敏感，走过荒茫的大地，走过城市的废墟。趴在每一口干涸的井沿儿上向下张望，又试着拧动废墟中孤独伫立着的每一只自来水龙头……妈妈，我说不出，我做不到的一切，全都空在那里，于漫长的岁月里一滴一滴地接着水……妈妈，我是最饥渴的容器。

但是妈妈你呢？这些年来，你也曾稍稍为之迟疑片刻吗？你会不会也想到了：我们有做错的什么事情吗？

到底是在哪里悄悄地错了，并且悄悄地继续错下去呢？悄悄地、孤独地，错啊，错啊……妈妈，你竟从不曾为之犹豫一下！

妈妈，最后的水被你全部带走了吗？

总有一天，我会走出饥渴的世界。我要找到我的父亲，我要向他要水喝，大口地痛饮；我要喝得发梢都在滴水；要喝得脚下一片汪洋。妈妈，妈妈，我要让水通过我全部去向你那里！如江河汇流，如穿窿洞开。我要喝得这水中鱼群浩荡，岛屿遍布；要喝得这岸边涌起大波大浪，四处断开瀑布；要喝得激流轰鸣，让远远近近所有的水鸟一路长喉短鸣、赶往这边……

妈妈，实际上，仍然没有水。

我仍然在这里，走啊，走啊。大地仍然无边无际。

五

妈妈，如果真的只需一口井，就能镇住我们的家园，我们破破烂烂的房子，我们开垦的农田，我们最初的爱情，以及我们子孙后代的心；如果真的只需一口井，就能永远地留住水，就能使这片戈壁滩渐渐地睁开眼睛；如果真的只需一口井，你就愿意停止流浪，永不离去；如果真的只需一口井，正迅速消逝着的这一切就会立刻停止下来……那么妈妈，你来挖掘我吧，你来将我打开吧！

妈妈，你是我来到这世上的通道，我便是你的水来到这世上的通道。我作为你的井，比作为你的女儿，更为真实、强烈。妈妈，让我们不顾一切地停止下来吧！当这个夜晚，我又一次在这城市一角深深地疲惫地躺倒，水涌上来没过头顶，梦境荡漾，时间混乱。四面井壁森然，包裹着我。妈妈，你何时才能找到我？你在茫茫荒原上四面挖掘，至今不知我在何方……

六

仍然是很久很久以前，妈妈，你躺在那里，奄奄一息。我向你一步步靠近，实在没有力气了。就在那时，我突然记起更为久远的时候，所有的井突然全部干涸，所有人都出去四处寻水，只剩我一人留在这里一年年长大。我在大地上做着喝水的游戏，百玩不厌。后来有一个过路人经过我们的家园，为我的年幼而流下泪来。还记得有一次，我长发滴着水，从他身边跑开，笑着，怎么也不肯回答他的一个问题。

金子

（很多年以后，有人指着一个骨灰盒对我说："里面是你的母亲。"我不相信。但是我扒开骨渣，发现一枚金戒指……）

妈妈，你去淘金子。后来金矿的坑子塌了，把你深埋地底。那里寒冷、黑暗。你醒来时无法动弹一下。潮湿的沙子一直堆到你的腰上，支撑你立在那里。

你僵直地立在那黑暗的正中央，用很长的时间拔出一只手来，然后又在很长的时间里，用那只手挖出了另一只手。

妈妈，你在一条河流的底部，那里有金子……很多年后，我去找金子，涉水蹚过那条河，河水冰冷刺骨。我不知道你就在下面。我在河边抓起一把沙子，细细地察看，然后失望地离开。那时候，金子已经成为秘密了。

……而你在河的底部，空着双手，继续笔直站立在泥沙之中，妈妈……河水经年奔腾，把泥石从上游冲卷向下游，重的金沙渐渐停止，穿过沙与沙的细微空隙，一粒一粒沉到最深处。它们在那里遇见了你。那时，妈妈，我却正在离开这条河，越走越远……从此我半生无边无际的迷途，就是从那里开始的。

妈妈，我们多么热爱金子啊！它是有价值的东西。它是最直接的幸福。当我们有了金子以后，我们的生活并不是"富裕"了，而是"自由"了呀！我们会有更多的欢乐吧？要是我们有了金子，我们就能轻易地消除那些忧虑呀，伤心呀……我们便不用住漏雨的房子了，我们可以去看病，减除肉身的痛苦。从此我们会有更多的、更为美好一些的希望和想法，我们会有新衣服穿，我们将干干净净地，喜悦明亮地，笔直地，走向我们悄悄深爱多年的那个人……我们手指头上戴着金戒指，胸前挂着金坠子，我们就可以勇敢地去往远方的任何一个地方，而永远不会担心最后时刻的到来！

妈妈，金子的力量多么巨大感人啊……一个接受过金子的改变的人，是多么心满意足的人，是多么心甘情愿的人……而我们总是微渺轻茫，永远缺乏金子般的分量。所以我们最终总是会被带走……所以我们最终还是消失了。

……坑子塌方了，全堵上了，妈妈。只有井道最深处取沙的地方还有一方空间为你深深地敞着，敞向你和你的，最后能想起的一些往事……

从那场灾难中逃离回来的所有人都是这么说的——在井道最底端取沙的地方，会有几根桩子抵着，有几块木板子撑着……他们都这样说，他们都猜测你可能还活着。妈妈，你就在那里寂静地直立站着，那里寒冷、黑暗，久了会憋闷。在这沉闷潮湿中有一根纤细敏感的手指，指着你，无限地向着你的感官逼近。妈妈，只有人死之后才会去到那样的地方的。人死之后，就在那样的地方里躺着，一动不动。而你也一动不动，妈妈，这就是死亡了……你却分明活着……你一分一秒一丝一毫地品尝种种细微感触。你屏住呼吸。你倾听。

你开口说出一句话来。但是那句话，一经出口，就立刻熄灭在黑暗之中。

……

妈妈，你想去淘金子。你说要给我打金戒指，打金耳环，再打一条金链子，还要挂上嵌着宝石的金坠子。于是你连夜收拾行李，准备启程。我流着泪生起火炉，为你准备路上的食物。我把家里所有的鸡蛋放进锅里煮。炉膛里的火苗一绺一绺燎出，你看到我黑暗中的脸庞上闪着细碎的光。你想点灯，但终于没有……那一夜，金子在想象中近距离地俯视我们，我们在黑暗中仰头张望，未来生活把我们吞没。下一分钟把我们吞没。离别到来了，似乎我们无法预知也无法想象的最后结局马上要出现了。金子是谜。我们猜测它是幸福。我们什么也不知道，只好暂时猜测它是幸福吧？……我们谁也不敢，第一个承认另外的那些……

只不过为了让生活更好一些，你就去淘金子。妈妈……你吃苦受罪，深尝孤独——金子才有的孤独，深处的孤独，无凭无据的孤独。妈妈，你孤独得不知该怎么办才好，最后只好付之以生命。这孤独便给了你金子，并借由这金子，继续对你予取予求……你便进入这条河的底部。妈妈，你双手空空，只有你知道其实没有金子。而河还在冲刷着这片大地。再过一万年，河水才能淘空到深埋你的那个位置，然后又在一千年的时间里，它哗哗流动的声音，一点一点离你越来越近……终于有一天，你的一束头发在河底飘荡起来。又过去很多年，才会出现你的额头和眼睛。你的眼睛望穿水流，看到上面的清湛的天空和细腻的白云，还有日月星辰。那个时候，妈妈，世界上的事情都结束了，一个人都没有了……——妈妈，你用了一万年的时间，从一场孤独走向另一场孤独……只有你知道，孤独与死亡一样永恒。

但是更绝望的是那条河，因为它终于明白了什么叫作"永恒"。它在这永恒之中用掉了一万多年，去冲刷一片土地，最后挖出的，是一个死人。

妈妈，当那些金子，一粒一粒地，微渺地，极不情愿地从尘土中浮现出来，带着恨意……当它们被打成戒指，戴在哪个手指头上，哪个手指头就会伤害别人。不管那根手指原本是多么的柔顺、无辜，曾轻拨过琴的弦，抚摸过爱人年轻的面庞……你记得的，妈妈，我们爱着的姑娘就戴着金戒指。那时我们多么贫穷。我们日夜想着她的美。她的美承载一枚金戒指在我们年轻的心中发光。我们爱她，却无法面对她说出一句话。她便死了，有一天她吞了那金戒指……——手上没了戒指，她原也是普通的姑娘啊……但我们还是爱着她，并且总感觉她的坟墓因埋葬着金子，而显得异样地悲伤。我们离开她，走进深山……妈妈！总有一天，这世上所有的金子会随着一场最大的死亡而涣散，伴随着一切物质零碎的粉粒，裹卷成一股浩大强盛的尘流，向着宇宙的某个角落散失……那么，从此就再也没有人知道了！在很久很久以前，我们曾怎样离开她，走进深山……

　　妈妈，我们原本是想通过金子去靠近美梦的，可是一经启程，便成了在通过一生，去靠近金子……我们从金子那里得到的远远不够，妈妈……我们背着工具和铺盖、干粮。我们风餐露宿，蓬头垢面。我们一年、两年、五年、十年地与世隔绝，挖坑子、运沙、淘选、筛簸……还有我们出生在金坑旁边的孩子，心窝贴着金子长大，趴在撒有金沙的毡片上，一寸一寸地寻找。用他们纯洁的眼睛，努力地一次次凑近；用他们柔软的小手，在毡片上搜寻，一粒一粒仔细地收集……当我们离开时，他站在路口目送我们远去，衣着褴褛，手捧金沙……我们从未想到，金子流传到我们孩子那里，会断然改变最初的意义。没想到，我们距离金子最遥远，留下的事物却距金子最为迫近……那么我们的孩子永远也不能长大了！他们金子般纯正的心灵，固执地拒绝金子以外的世界，拒绝时间，并且拒绝进行解释。他们有着美丽无望的眼睛……他们不能说出一句话来，他们只是哭，只是哭……他们后来都夭折了，他们不愿意继续明白这个世界……

　　但是妈妈，你还是想去淘金子。我们都不愿你去，我们看着你，一个个泪水长流……很早的时候，我们就知道了，金子不在身体外面……我们是天生有金子的人啊，但是，金子不在身体外面——我们得向自己索取。我们得先失去，得先付出……青春，健康，平安，坦然的，宁静的，自由的……我们得劳累、艰辛、痛苦、寂寞、思念……然后金子就出现了……我们身体和心灵都磨损了，然后金子就出现了……妈妈，金子不在身体外面，不在生命外面。妈妈，你去淘金子，你决意失去。你要去淘金子，要使最终得到金子的是我们——你决意永远失去……其实我们很早的时候就知道了！

　　……妈妈，其实金子是世界上最哀愁最伤心的东西，它是世界上最孤独最不幸的。它什么都不曾知道过，却被赋予了那么多的意义。它的昂贵和它的传奇之于它自己，不过如同它邻近的尘土沙砾。它夜以继日地被开采，被细细收集，被锻制成品……它辗转人间，历涉春秋……却什么也不能明白！一万年前的世界和一万年后的世界于它没什么不同。它所散发的狂热光芒，也许仅仅只是它的害怕。它一经开采出来就绝望地闭上了眼睛。而淘金子的人，怀揣金沙，爬上高处遥望故乡，然后更为荒寒地死去……妈妈，金子其实是世界上最无望的东西呀……那些有了金子的人，从此是否也会滋生同样古老的想法，而开始在生命中一步步渐渐后退？……

　　……妈妈，我放弃了你。我要继续生活下去。我明知你正在一个有金子的地方，把剩下的全部时间，全部投入到了等待之中……你还在等待我前去挖掘，去将所有埋住你的、簇拥着你的沙子一点一点挖开，一点一点淘洗，最后弄出金子，熔炼成一整块……那是你的，全是你所守候的……你等待我捧着这块金子前去找你，将它悬在黑暗中你的近旁，再让它发光，以照亮我与你的最后一面——你幻觉连连，意识混乱，种种关于金子的奇丽情景在这大地深处的黑暗与冰冷之中扑打翅膀，挟风裹雷……那就是死亡的情景吗？……可是妈妈，我放弃了，我恨你。你分明还活着。地面上的所有的人，也分明都知道你还活着。但他们一点办法也没有，只好认为你已经死去。

　　还有你，妈妈，你还活着。可是在你上方，地面上那些活着的人们，已经收拾好工具和机器，卷起铺盖灶具，忍着巨大的悲痛，一步步离开了。他们唯一能为你做到的事情，似乎只有把你死去的噩耗尽可能早地带给你的亲人……妈妈，是不是一个人在地底深处，就像是金子在地底深处一样——有巨大的渴望却还有更为巨大的迷茫。妈妈，这片大地平坦深厚，它深藏金子一样的秘密，而深知一切，而什么也不说。而代替一切，去宽容一个人与另一个人、一个想法与另一个想法、一种生活和另一种生活之间那些彻底的不能沟通、彻底的不能明白、彻底的不能谅解……它会在年年的春天，开满粉色和白色的花。

你要去淘金子，妈妈。你在天亮前走了。那时我已上床睡觉，我流着泪，脸扭向墙边，什么也不愿看到。耳朵却听见你离去的脚步声越来越远……终于消失……

但是后来又重新响起，越来越近……

你回来，一直走到我的床边，弯下腰，往我被窝里塞进一枚仍然热乎乎的鸡蛋……

你还是要去淘金子，我边流泪边入睡。你留下的一枚鸡蛋轻轻地温暖着我。我梦见了你还没有出发之前的种种情景。我想，这下好了，你终于改变了主意……于是终于进入再无惊扰的熟睡……

（原载《天涯》2011 年第 9 期）

12

父与子的战争

◎王十月

我一直觉得，我和父亲前世肯定是仇人。上一世的恩仇未了，这一世来结。

父亲生于旧社会，长在战乱中，听他说起小时候的事，记忆最深的便是"跑老东"——躲避日本兵的追杀；其次便是对我爷爷的控诉。我父亲和我爷爷是一对冤家。父亲九岁时，我奶奶去世，据说爷爷扔下了父亲不管，自己去湖南华容县讨生活了。在我小的时候，每每不听话时，父亲就会板着脸吼我们，"老子九岁就自立了。"然后数落我们如何无用。父亲每数落一次，我在心里对他的不满就加深一层，以至于后来听到"九岁就自立"这句话就反感，无论他是以何种语气说起，也无论父亲是对谁说起。

父亲也曾说过，他一定是前世欠了我的，这一世还债来了。因此，在父亲和别人的交谈中，我被塑造成了"讨债鬼"。每次和父亲争吵之后，父亲总是痛心疾首地对我说："养儿方知父母恩。"又说，"天下无不是之父母，只有不孝的儿女。"我像反感父亲说他九岁就自立一样反感这两句话。我觉得父亲这句话太霸道，不能因为你是父亲，你就永远是对的；我是儿子，就永远是错的。其实现在想来，我当时不单单反感父亲说这样的话，我对父亲的反感是全方位的，觉得父亲一无是处。

我和父亲曾经度过了短暂的几年亲密时光，待我稍大一点，便开始了长达数十年的父子之战。我很愿意回味和父亲有过的短暂的亲密时光，但那些记忆大多发生在我六岁之前，因此还留有模糊记忆的便很少了。我记得冬天的晚上，父亲教我唱"我是一个兵，癞子老百姓，革命战争考验了我，打倒解放军"。我一直不能理解这歌词，"癞子老百姓"倒好理解，那时农村的卫生条件极差，长癞子的人很多，我的妹妹就长了一头的癞子，但为什么要"打倒解放军"呢？多年以后我才知道，原来歌词是"我是一个兵，来自老百姓，革命战争考验了我，打倒蒋匪军"。和父亲在一起的时光，还有一个亲密的记忆，是我五岁时，跟随父亲一起去镇上的剧院看了一场舞台剧《刘三姐》，结尾时，穆老爷被一块从天而降的石头砸死了。我不能理解，每演一次戏，就要死一个人，那谁还愿意演穆老爷？父亲没有回答我，只是摸着我的头笑笑。父亲的这个动作，让我多少有点受宠若惊，也许是父亲极少用这样亲昵的动作表达他对孩子们的爱吧。这个摸头的动作，在我童年、少年的记忆中，就显得弥足珍贵，以至于多年以后，我依然记忆犹新。除此之外，我搜肠刮肚，实在找不出还有什么深切的，能体现父子间曾经有过亲密时光的佐证。而对于挨打的记忆，却是随手可以举出一箩筐。

父亲说：不打不成才。

父亲说：棍棒底下出孝子。

父亲说：三天不打，上房揭瓦。

父亲甚至有些绝望了：你狗日是属鼓的。

我不知道，少年的我有多么调皮，有多么讨人嫌。俗语云：

七八九，嫌死狗。我就属于那种能嫌得死狗的孩子，而且不只局限在七八九岁。我把堂兄的头打破了，堂兄扬言："么子亲戚亲戚，把亲戚拆破算了。"为此，我被父亲猛抽一顿，罚跪半天，不许吃饭；我不上学，偷偷去游泳，又被父亲狂扁一顿，外加罚跪到深夜；我在外面和同学打架，被打得头破血流，天黑了才敢回家，天没亮就溜去学校，直到头上的伤口长好，最终被父亲知道，还是补了一顿打；我和同学打架，以为神不知鬼不觉，结果同学的父亲打上门来，我再挨一顿揍；在我们兄妹中，我大抵是挨打最多的孩子。父亲打我时，我站着不动，任父亲打。任父亲打也罢了，我偏偏还嘴硬，说，"你打呀，反正我的命是你给的，打死我算了。"父亲说，"你以为老子不敢？打死儿子不犯法。"父亲举出了一堆父亲打死儿子大义灭亲的典故，那些不知哪朝哪代的传说，对我没有威慑力。我还记得，大年三十，孩子们都在撒欢玩耍，而我却被罚去野外拾满一筐粪才能回家吃团年饭，原因是我期末考试的成绩不理想。为了完成任务，我从别人家的粪坑里偷了一筐粪，没想到英明的父亲一眼就看穿了我的把戏，说，老子晓得你不会老老实实去拾粪。自然，我受到了更为严厉的惩罚……我不知道自己为何记住了这么多挨打的往事，而且记忆如此的深刻。如今我回忆起这些往事时，心里涌起的，全是幸福与温暖，这是我与父亲几十年父子情最为生动的细节。而在当时，每一次挨打，都在我的心里积累着反叛的力量。还没有能力反抗父亲，我所能做的，就是摆出一副不服气的架势，任凭父亲将竹条抽打在我的身上。跪在地上几个小时，我也不会服软认输。这让父亲更加恼火，对我的惩罚也更加严厉。父亲打骂我时，母亲是不能劝解的，若是劝解，父亲会连母亲也一起骂。父亲说，老子不信收拾不了这个油盐不进的枯豌豆。母亲能做的，就是偷偷拿一个枕头垫在我的膝下，让我跪着舒服一点。父与子的战争，从一开始，就是不对称打击。我只有挨打的份儿，而没有丝毫反击的能力。但是我在积蓄着力量，我梦想着早一天长大，长大了，就可以和父亲分庭抗礼了。

我还没有长大，庇护着我们兄妹的母亲就去世了。那一年，母亲三十八岁。我读小学五年级，小妹才八岁，哥哥和二姐都在读初中，因此，喂猪做家务，都压在了大姐的身上。父亲拉扯着我们五个孩子，那几年，家里显得清冷而凄惶。父亲变得温和了一些，一家人在一起时，有了点相依为命的感觉。母亲的去世，也让我们兄妹五个仿佛一夜间长大了。大姐是没有上学读过书的，自然成了家里的顶梁柱。很快，二姐初中毕业后，也回家务农了。接着哥哥也不上学了。那时，我经常能听到一些我认识或不认识的人，在经过我们家门口时发出的赞叹——

说：这就是昔文的几个伢们，没有姆妈，伢们一个个还穿得干干净净；

说：你看他们家门前收拾得那个干净；

说：看那菜园子，菜长得极喜人，没妈的孩子早当家；

说：唉，又当爹又当妈，不容易！

每当听到这样的话，我的心里就会发酸，会有一种莫名的屈辱感。读初中后，我渐渐能体会到父亲的艰辛，觉得父亲是真的了不起，我也在心底里发下誓愿：要带着我这个贫穷的家庭走向富裕。但这并不代表我和父亲的关系开始走向和解。比如，邻居们当着父亲的面夸奖我们姐弟。

说：你的这几个伢个个懂事。

父亲说：懂屁事，没一个成器的。

说：我看世孝将来能上大学。

父亲说：上农业大学，摸牛屁股的命。

说：世孝长得好，将来不愁说媳妇。

父亲说：鬼才看得中他，打光棍的命。

说：你不愁啊，再过几年，伢们大了，你就退休享福了。

父亲说：老了不像《墙头记》里的那样对我就阿弥陀佛了。

那时正在放电影《墙头记》，讲两个不孝儿子的故事。

父亲把他对儿女的贬损看成是谦虚，但我听了很是不满。我觉得父亲把我们和《墙头记》里的不孝儿子相比，是对我的侮辱。我觉得父亲一点也不了解他的孩子，为此我甚是讨厌父亲那所谓的谦虚。有一次，当父亲再次在别人面前谦虚时，我终于忍受不了，大声地吼叫了起来。父亲那次倒没生气，只是说，"你要真有出息，那就是我们老王家祖坟冒青烟了。"我说，"你等着瞧。"父亲说，"我还看不到？你能出息到哪里去？"现在我知道了，父亲当时心里其实并不这样想，父亲也认为他的孩子们是懂事的，也认为他的孩子们将来会有出息，但嘴上偏偏不这样说。多年以后，我和父亲小心地谈到这个问题，父亲说，请将不如激将。原来父亲是在以他的方式激励我们。从记事起，到现在，我快四十岁了，还从没有听父亲夸奖过我、鼓励过我一次。父亲不知道，在欣赏中长大的孩子和在贬损中成长的孩子，内心深处有着多么大的不同。

父亲本来话就不多，母亲去世后，父亲更加沉默寡言。他的心里装着五个孩子的未来。他有操不完的心，为了我们这个家。但父亲从来不与我们沟通，不会告诉我们他的想法。我和父亲总是说不到一块儿，我们兄妹几个，都和父亲说不到一块儿。吃饭时，父亲坐在桌子前，我们兄妹就端着饭碗蹲在门外吃，父亲吃完下桌子了，我们呼啦一下都围坐在桌前。有时我们兄妹有说有笑，父亲一来，大家就都不说话了，我们兄妹无意中结成了一个同盟，用这种方式孤立着父亲，对抗着父亲。时至今日，我也无法想象，当父亲被自己含辛茹苦拉扯大的孩子们孤立时，心里是什么感受。后来我出门打工，也为人父了。真的如父亲所说，"养儿方知父母恩"，我开始忏悔了。回到家里，吃饭时，我会和父亲坐在一起，我吃完了，也会继续坐着等父亲吃完饭。虽说有那么一点别扭，有那么一点不习惯。但我开始懂得了反思，也试图去理解父亲，父亲是爱他的孩子们的，只是父亲不懂得怎样去表达对孩子们的爱。

　　父亲是希望能在他的儿女中出一个大学生的。这希望首先寄托在我哥哥身上。我哥哥读书很用功，学习成绩也很好，但不知为何，平时成绩很好的哥哥，中考却考得一塌糊涂，以至于老师都深感惋惜。父亲希望哥哥复读，老师也希望哥哥复读，但我哥哥死活不肯读书了。那时我妹妹读完小学四年级，也不肯读了，于是父亲的希望便寄托在了我的身上。小学升初中，全乡五所小学，我考总分第一。父亲知道了这个消息，没有夸我，但我知道，父亲对我寄予了厚望，希望我将来能上大学跳出农门。

然而我终于让父亲失望了，上了初中，我的代数、几何、英语出奇地差。这几门功课考试从来没有超过50分。初中毕业，我回家务农。父亲劝我去复读，父亲说，"万般皆下品，唯有读书高。"我实在对上学没了兴趣，也做好了被父亲狠揍一顿的准备。出乎我意料的是，这次父亲没有打我，也没有骂我，劝我无果之后，也尊重了我的选择。相反，较长的一段时间，父亲对我说话都有一些小心翼翼，甚至低声下气。父亲以为我一定为没有考上高中而伤心欲绝，父亲不忍在我的伤口上撒盐。我度过了一段难得的幸福时光。

这年，收完秋庄稼，农村就闲了。其时打工潮还没有兴起，乡村里许多像我一样辍学的孩子，一到冬天就成了游手好闲的混混。第二年春天，父亲相信我心灵的伤口已经痊愈，说，"从今年开始，要给你上紧箍了，这么好的条件供你读书你不争气，也怪不得我这做老的了。从今年起，你老老实实在家里跟我学种田。"于是这一年，我像个实习生一样，跟着父亲学习农事。清明泡种，谷雨下秧，耕田耙地，栽秧除草，治虫斫谷，夏收秋种……从春到秋，几乎没有一天闲。忙完水田忙旱地，收完水稻摘棉花。好不容易忙完这些，又要挑粪侍弄菜园。冬天到了还要积肥。沉重的体力活，压在了我的肩头，那年，我十六岁。父亲对我说，"要你读书你不读，受不了这份苦吧，受不了明年去复读。"而我想到读书要学英语，还有那让人脑袋发麻的代数、几何，就说自己不是读书的料。父亲于是开始叹息，说他那时是如何的会读书。我反驳，说那时只读"三百千"，我要搁过去，也能考个秀才举人，说不定还能中个进士呢。因为整个初中时期，唯一能引以为豪的是我的语文成绩，作文总是被当作范文贴在墙上。父亲说，那我还会打算盘，你可会？我哑口无言。

遵祖宗二家格言，曰勤曰俭；教子孙两行正路，唯读唯耕。父亲恪守着这样的古训，认为既然他的儿子成不了读书人，那就当个好农民吧。父亲常说，你连耕田都学不会，将来我死了，你的田怎么种哟？我不满意父亲的唠叨，说车到山前必有路。那时我十六岁，个子比父亲还高了。和父亲说话，像吃了枪药，常常是父亲一句话还没说完，便被我呛了回去。父亲就不再说话，发一会儿呆，然后长叹一声。我和父亲的战争态势，随着我的成长，渐渐发生了变化。由过去的力量悬殊的不对等打击，变得渐渐有点旗鼓相当。父亲还是骂我，但我总是还以颜色，表现出我的反感与不满。那时我迷上了武侠小说，只要有一点空闲，就捧起小说看。这也是父亲无法忍受的。父亲说，让你读书你不读，现在回家种田了你又读得这么起劲，根本就是想偷懒。父亲在多次教训我无果后，也只好长太息而听之任之了。

在几个孩子的婚事上，父亲再一次显示出了他的专制。大姐的婚事是父母之命，媒妁之言，自然是较让父亲省心的。我二姐和小妹，年轻时都是村里数得着的美女，追求者众。父亲说，男怕入错行，女怕嫁错郎。父亲觉得他有责任帮女儿把好这一关。

二姐的婚事，一开始就遭到父亲的强烈反对。父亲并不是反对后来成为我二姐夫的那位青年木匠，青年木匠手艺不错，人也还本分。父亲不满意的是青年木匠的家庭，自然也不是嫌贫爱富，青年木匠的家庭还算富裕，比我家强得多。父亲不满意的是青年木匠家的家风，觉得那一家人有点虚浮，做事不踏实。没想到一贯文静内向的二姐，用激烈的方式表达着她对父亲的不满。

二姐把自己关在家里哭了半天之后，选择了自杀。幸亏当时家里没有农药，二姐喝下了大量的煤油。二姐的自杀，对父亲的打击和震惊是巨大的。之后，父亲不再反对二姐的婚事，也不敢再用过重的言语苛责我的二姐了。父女的关系，也陷入了一种紧张的、小心翼翼的状态。

　　二姐出嫁那天，临出门时，给父亲下了一个长跪。二姐哭了，父亲也哭了。我跑到山顶，看着接我二姐的车远去，泪如雨下。我以为二姐是怀着对父亲的恨离开这个家的，我以为二姐用一跪斩断了父女二十多年的感情。但是我错了，二姐出嫁之后，父亲对二姐的态度发生了180度的转变，二姐对父亲的态度也同样发生了极大转变。我想，二姐出嫁之后，父亲和二姐一定都在许多的夜晚思念过对方，二姐会想起父亲的养育之恩，想起母亲去世后父亲的艰辛。二姐有了自己的孩子，正如父亲常说的那样，养儿方知父母恩。父亲呢，我只知道，许多的夜晚，他和衣躺在床上，很久，很久，然后用一声沉重的叹息结束一天。父亲一定是后悔了，后悔没有给这个早熟、懂事、坚韧、勤劳的女儿多一些理解，少一些言语上的伤害。现在，二姐出嫁二十多年了，她的孩子都已成人外出打工。我也目睹了这二十年二姐所过的日子。我不知道我的二姐是否幸福，最起码，从我的角度看，我觉得二姐不幸福。那个青年木匠，我的二姐夫，没能好好呵护疼爱我的二姐。这一切，父亲都看在眼里，但父亲再没有对二姐和二姐夫的生活多说一句什么。父亲说，那是她自己的选择。

命运总是惊人地相似，同样的事情，在小妹的身上居然重演了一次。当年一头癞子的小妹出落成一个漂亮的大姑娘时，一位青年教师走进了小妹的生活。青年教师聪明、帅气，读过我们县最好的高中，能言善辩，才华出众。从某些方面来说，他和小妹是很般配的一对。但他们的爱情，同样遭到了我父亲的强烈反对。父亲甚至不许那个青年教师到我家里来。父亲反对的理由很简单，他觉得青年教师的父亲不成器。父亲深信那句"有其父必有其子"的老话，并反复用这句话提醒我妹妹。然而小妹深爱着那位青年教师。小妹的性格和二姐相反，二姐外柔内刚，小妹却是个烈性子。她不会像二姐那样选择用死来对抗，而是坚定地和青年教师交往，非他不嫁。我坚定地站在小妹这一边。青年教师来我家，父亲不理他，而我却热情地接待他。二比一，我和小妹终于战胜了父亲。父亲说，你们都大了，你这当哥哥的做了主，我也不说什么了，只是你们将来别后悔。

小妹出嫁时，我在南海打工，没能回家。那天，故乡下大雪。南海也很冷。我想到那天我的妹妹出嫁，从此她的生命中，将有另一个男人用心爱她、照顾她，感到很欣慰。也有一些伤心，一个人躲在宿舍里默默流泪。妹妹出嫁后，父亲接受了这一现实，他对小女婿一样地疼爱，把他当成自己的孩子，仿佛过去的对立统统不曾存在过。妹妹和二姐一样，出嫁后仿佛变了个人，和父亲开始有说有笑，回到家，吃饭自然是坐在一桌。后来小妹也有了自己的孩子，她和青年教师一起在外面打工，东莞，中山，深圳。青年教师迷上了赌博，还在澳门的赌场赌过，欠了"大耳窿"的高利贷，弄得我妹妹也被"大耳窿"追杀，连夜仓皇从中山逃到深圳，投奔我这不成器的哥哥。青年教师说他没办法改掉这些毛病，自认没救了。妹妹的婚姻走到了尽头。离婚时，妹妹坚持要孩子。我说，不管你选择什么，我都支持你。那一刻，我想到了父亲。我想，也许当年我错了，父亲是对的。父亲以他几十年的人生阅历，能透过人的表象看到本质。也许，我们谁都没有对，谁都没有错。但我知道，此时此刻，还有一个人心里和我一样难受，甚至比我要难受得多，那就是我已年迈的父亲。

多年的父子成仇人。如果不是我出门打工，和父亲有了空间上的距离，我和父亲的战争，也许还会升级，更不会像现在这样得到化解。我和父亲关系最为紧张的是 1987 年到 1992 年，那段时间，我们对于任何事情的看法都有分歧。记得有一次，荆州地委行署要来我们村检查计划生育，村里下了通知，谁也不许乱说话，如果乱说，家里有学生的要开除，种地的，要把地没收，总之是下达了封口令。这个封口令让血气方刚的我和我的几位同党深感不满。我们叫嚣着，说每个孩子都有上学的权利，谁也无权开除，并扬言要去告状，要揭发我们村的黑幕。地委检查组的人来的那天，我们一行人守在村部，做好了"告御状"的准备。也是不凑巧，地委的人在来我们村的路上，接到通知，说是邻村因计生工作不当，出了人命，于是他们直奔邻村而去。事后，村里的领导开始秋后算账，几位干部来到我家质问我，我当然是跳起来和他们对着干，并扬言，他们要是敢整我，我就把村里的事曝光到报社。干部说，好，你狠！将来总有一天你会落到我们手上。我说你放心吧，不到法定年龄我不结婚。干部说，你敢保证你头胎就生儿子。我说生儿生女都一样，我只生一个。干部认为我说大话，虽说不至于没收我家的土地，但对我甚为不满，本打算来教训我一下，出一口气以儆效尤，谁知碰上我这样的"二百五"。父亲深为我感到担心，怕我将来在村里没法混，被干部穿小鞋，便大声呵斥，教训我，让我认错。我的叫声比父亲的声音还要大，我觉得我是正确的。父亲气极，随手抓起一把椅子砸向我，我还是和小时候一样，站在那里不动，说，砸啊，你砸死我，我也没有错。村干部并没有去夺我父亲手中的椅子，父亲手中举起的椅子终于是向我砸下，正砸中我的肩膀。肩上的痛是次要的，我觉得这一椅子，砸碎了本来就脆弱不堪的父子之情。我离家出走了，而且一走就是一个多月，我跑到县城一位开餐馆的同学家，同学家做鱼糕鱼丸卖，我给他们当帮工，杀鱼，打鱼糕。眼看要过年了，父亲让小妹来县城找我，我才回家过年。

那时我觉得我们家庭的贫穷，是因为父亲不会持家造成的。父亲只会死种地，而我却总是想着搞一些新的实验。并在深思熟虑之后，向父亲的权威提出了直接的挑战，说，从明年开始，我来当这个家。父亲冷笑，告诉了我家庭的财政赤字是多少，我吓得打了退堂鼓。

出门打工后，我和我出嫁的姐姐们一样，开始觉出了父亲的好，觉出了父亲的不容易。我给在家里的妹妹写信，总是要问父亲好不好。妹妹给我回信，也会报上家里的平安。我们的信，都是报喜不报忧，而报喜时，也是把喜夸大了许多。父亲觉得儿子终于是出息了，我回到家里时，父子间，有了难得的亲密。记得有一次，打工多年的我回到家中，家里已没有了我的床铺。晚上，我和父亲睡在一张床上。我觉得很陌生、很别扭，也很温暖。我想父亲也多少觉出了一些不自在。父子俩都不说话，我不敢动一下，父亲也不敢动。我佯装睡着，很晚，很晚。父亲粗糙的手，小心翼翼地放在了我的脚上，见我没反应，父亲轻轻地抚摸着我的脚。温暖在那一瞬间把我淹没，我觉得我还是个没长大的孩子，是那个童年时和父亲睡在一张床上，跟着父亲学唱"我是一个兵，癞子老百姓"的孩子。我不敢动一下，享受着来自父亲的关爱与温暖。我的泪水，打湿了枕头。我的脚终于动了一下，父亲的手像触电一样，弹了回去。我渴望着父亲再次抚摸我的脚，但父亲没有。良久，父亲发出了一声长长的叹息。我突然发觉，我不再讨厌父亲的叹息声，在外面流浪多年，历经冷暖后，我终于读懂了父亲沉重叹息里的爱与无奈。

我以为，我和父亲，再也不会发生冲突了。我以为我长大了，再也不会惹父亲心烦。但儿子终究是儿子，在外面受人冷眼、受人打击时，我也学会了隐忍。可是在父亲面前，我永远也学不会，我还是我，我不想压抑自己的情感。而父子之间微妙关系的真正转折点，是在我结婚之后。婚后，打工多年的我回到了家，做起了养殖发家的梦。我养了许多猪，为了这些猪，我再次和父亲发生了冲突。自从我结婚后，父亲心甘情愿地退居二线，什么事都不再做主，由着我来。两次争执，和从前也有了很大的转变。一次是我想把菜园全部种上猪菜，父亲却一定要在大片猪菜中辟出一小片来种辣椒。父亲把我种好的猪菜锄掉，说他要种辣椒。在我们那里，没有辣椒，简直是没办法吃饭的。但我反对父亲在那块地里种辣椒，我说可以去另一块菜地种。父亲坚持，说他就要在这里种，似乎没有什么理由。父亲买来了辣椒苗，自顾自地栽他的辣椒苗。我生气了，说，你栽了也是白栽，今天栽，我明天就给你挖掉。父亲挥动着锄头，说，你要是敢挖掉，老子就一锄头挖死你。我突然觉得，父亲还是从前的父亲，儿子也还是从前的儿子。不过父亲在说完这句话后，突然变得很伤感，不再言语，默默地栽完了他的辣椒苗，回到家中，发呆。我也并没有挖掉父亲的辣椒苗，但这件事，还是伤了父亲的心。还有一次，栏里的猪开始转入育肥期，这时要让猪多睡，由过去的一日三顿改为一日两顿，猪们开始不习惯，在栏里叫得凶。父亲看着猪们可怜，自作主张拿了青菜去喂，我觉得父亲不该干涉我科学养猪，于是把父亲数落了一顿。父亲很委屈，一言不发，回到房间就睡了，也不吃饭。父亲用绝食对抗着来自儿子的暴力。我投降了，彻底服输，第一次自动地给父亲跪下，我说，你不吃饭，我就不起来。

父亲老了。老小老小，父亲变得像个孩子。

父亲再不骂人了，再不打人了。父亲变得平和了，慈祥了。

但我们兄妹一个都不在他身边。我们常年在外，也难得顾上父亲，除了给父亲寄生活费，实在没尽过什么孝道。父亲说他其实不需要钱，父亲需要的，我们却不能给他。父亲需要我们在身边，哪怕烦他，让他生气，也比看不到我们，听不到我们的声音强。好在，那些年，大姐一直在家，每月回家帮父亲洗一次被子。父亲的生日，端午，中秋，她都会回家看看。这是父亲唯一能享的亲情。2004 年，我的大姐突发心肌梗死去世了。父亲一下子老了许多。父亲说，人生最大的不幸，少年丧母，中年丧妻，老年丧女，都被他遇上了。

次年春节，我把父亲接到深圳过年。父亲第一次来深圳，我的女儿子零天天陪着爷爷到处转。父亲像个孩子一样，陪孙女去公园钓金鱼，花了几十块钱钓到三条金鱼，又花钱买了一个鱼缸，和孙女兴冲冲地回到家里。那时我失去了工作，在家自由撰稿，文学刊物还没有开始接纳我的小说，发表极困难，差不多是在吃老本，经济状况极差，父亲却花了近百元，只是为了逗孩子开心。我再次数落了父亲。不过这次父亲没有生气，只是像个做错了事的孩子，也不辩解。我一走，他就和孙女一起喂金鱼吃食，爷孙俩笑得很开心。

过年时，一家人围在电脑前看中央电视台为我录制的纪录片。看着看着，父亲突然痛哭失声，说，没想到，这些年你在外，吃了这么多的苦。不过很快又笑了起来。父亲说起了我小时候的一些事，说起我与别的孩子不同的淘气，没想到父亲记得那么多我儿时生活中的细节。有好多，我都没有一点儿印象了。在父亲的讲述中，我过去那些嫌死狗的往事，都成了今天能成为一个作家的异秉。父亲说，你从小就与别的孩子不一样，我知道你会有出息的。

三十七年来，我第一次听见父亲夸我。

过完年，父亲说，我要回家了。父亲不习惯住在这里，瘦了好几斤，三天两头打针吃药，父亲说他怕死在我家里，以后我女儿会害怕。送父亲上车时，我说明年过年再来吧。父亲很伤感，哭了。然而父亲一回到家，身体就好了，人又精神了。故土难离，父亲与那片生活了一辈子的土地，已经是一个整体。而我，却成为故乡的逆子，再也回不去故乡。父亲回去后，我想，从今年起，没事多给父亲打打电话。但一忙起来，就把打电话的事忘了。父亲就把电话打过来，问我好不好，父亲说，没有什么比看到孩子都好更能让他开心的事了。父亲说，你活一百岁，在我眼里，也是个伢。

写这篇文章期间，我连襟打来电话，诉说他的儿子不懂事，快把他气死了，希望我能劝劝。我笑笑。没两天，又接到我姐夫打来的电话，劈头一句就是，"他舅舅，你帮我说说云云，这孩子，真是要气死我了。"云云是我二姐的儿子。接下来，我姐夫就历数了他儿子的种种异端。我笑笑，劝姐夫，孩子大了，要放手，让他们去按自己的方式成长。父与子的战争，在天下众多的父子间上演着，这是人生的悲剧还是喜剧？但现在，今天，当我回忆起与父亲在一起的往事时，所有的战争，所有的冲突，都成为我成长中最动人的细节，成为我与父亲今生为父子的最朴素的见证。这就是人生，许多的未知，要到多年之后回首往事时，才能觉出其中的奇妙。

多年的父子成仇人，多年的仇人成兄弟。诚哉，斯言。写下这些，献给天下的父与子。

（原载《北京文学》2011 年第 1 期）

敬　告

　　由于编选时间仓促、工作量大，未能及时与所选作者一一取得联系，请见谅。

　　现仍有部分作者地址不详，为及时奉上稿酬和样书，请有关作者与编辑段琼、赵维宁联系。

E-mail：249972579@qq.com；1184139013@qq.com

微信号：Youyouyu1123；zhaoweining10

辽宁人民出版社

2023 年 1 月